前田育徳会尊経閣文庫編

尊経閣善本影印集成 45

中外抄

八木書店

久安四年七月一日依召参小松殿於御前社御雑
次被仰云今年内裏造作事依正三位□覆追了云々
汝所思如何答云正三位覆内相府被尋仰日還奉
及延捲可速但作大極殿者正雲ハ懸康殿可為宗
欲但可被急速之由存思然後世漢家本朝[illegible]

下巻　奥書（本文七九～八〇頁）

例　言

一、『尊経閣善本影印集成』は、加賀・前田家に伝来した蔵書中、善本を選んで影印出版し、広く学術調査・研究に資せんとするものである。

一、本集成第六輯は、古代説話として、『日本霊異記』『三宝絵』『日本往生極楽記』『新猿楽記』『三宝感応要略録』『江談抄』『中外抄』の七部を収載する。

一、本冊は、本集成第六輯の第七冊として、建暦二年（一二一二）書写の『中外抄』下巻（一巻）を収めた。なお、紙背文書は一紙ずつ横向きで掲載した。

一、料紙は、第一紙、第二紙と数え、図版の下欄、各紙右端にアラビア数字を括弧で囲んで(1)、(2)のごとく標示した。

一、書名は、包紙に「久安四年記」、外箱に「中外抄下」とあるが、本集成では、最も広く通行している「中外抄」の称を用いた。

一、目次及び柱は、原本記事各条冒頭の年月日を勘案して作成し、紙背文書は紙数を柱に標示した。

一、原本を収める桐箱の蓋上面及び古包紙（墨書のある部分）を参考図版として附載した。

一、本書の解説は、前田育徳会橋本義彦・菊池紳一が執筆した「尊経閣文庫所蔵『中外抄』解説」を掲載した。

一、冊尾に、附録として「宮内庁京都御所東山御文庫所蔵『富家語抜書』」と「宮内庁書陵部所蔵柳原本『中外抄』上巻」の影印を掲載した。

平成二十年一月

前田育徳会尊経閣文庫

目次

中外抄 下巻

下巻　表紙見返

久安四年七月一日依召参小松殿於御前社御雑
次被仰云今年内裏造作事依正堂正寢遅引云々
汝所思如何申云正堂正寢内相府被尋仰日畢奉示
及狂捲可遠但作大極殿為正堂以紫宸殿可為寢
欲但等被忘遺之由存思給但也漢家本朝舊業

欲任寄殺忌避之由存思給候也、漢家本朝書籍
年造作例甚数候之故也、但長久之度二年採材
未明年可有造営之由、沙前学之候、不能、本文依委、抑之
正業正寝後人〻勘申各不同、我學食ハ正寝〻者
為寝殿也、字トアルナト云也、長久ニ採材事ハ壊来雇
院所持ハ名ヲ久ルヤ、寝殿ニサアルナリ、今年不可殺造欲
任撰造営之間不造作、来年之造営、翌年可正造作之由

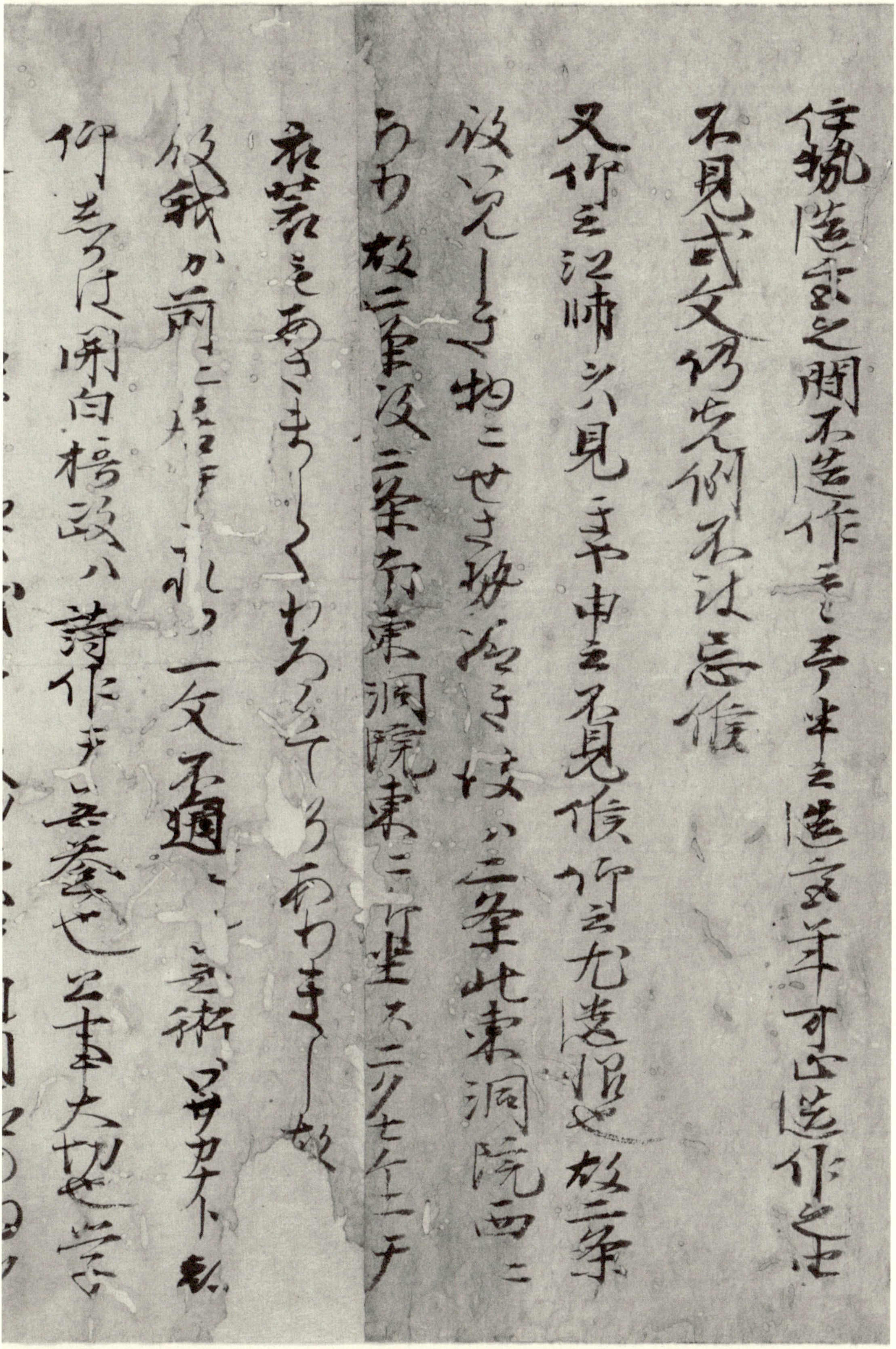

（2）

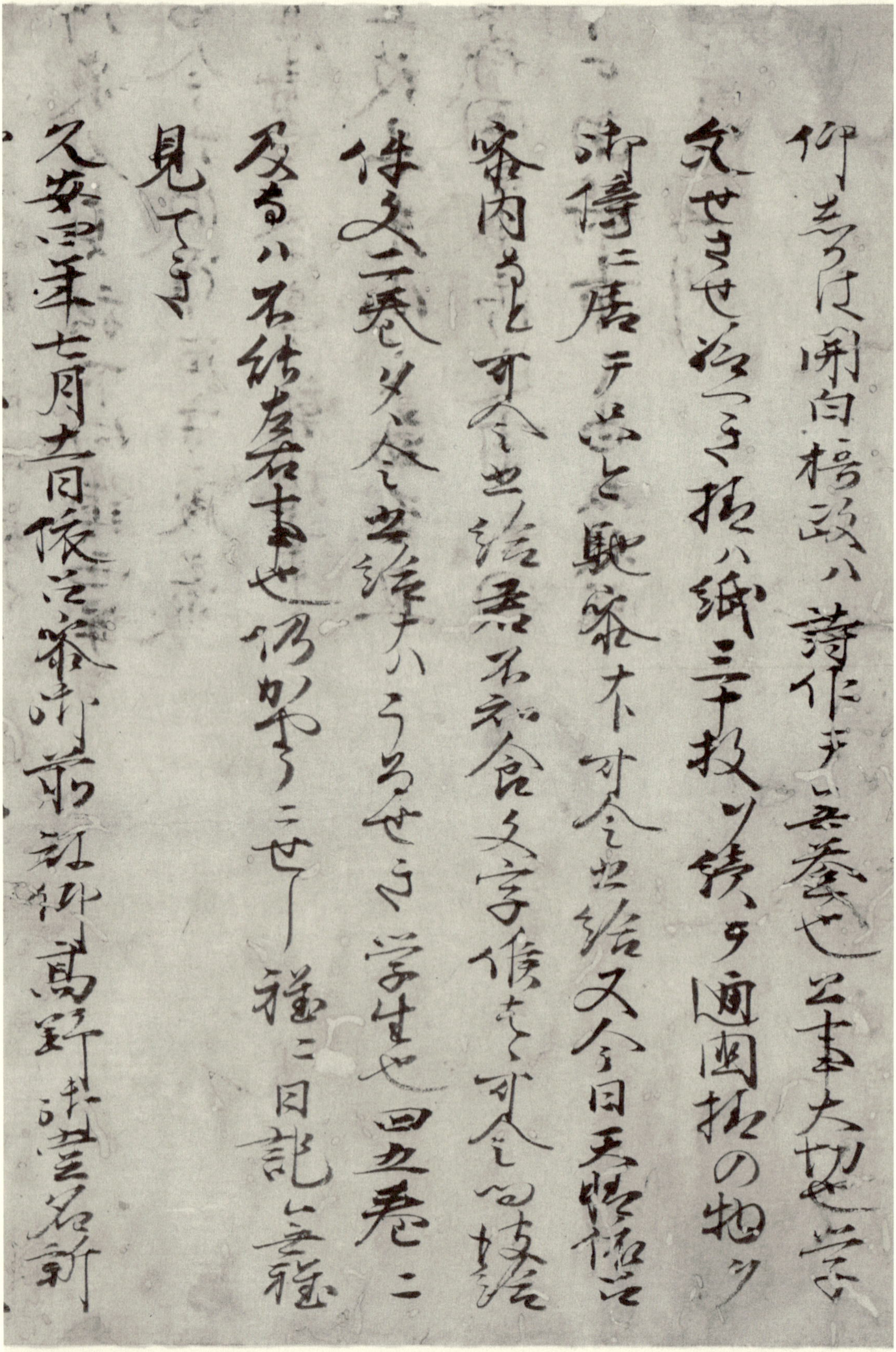

久安四年七月十一日依宗家御前社御萬野法会名新
御経名之次今半を壊三条院本尊君術技特奨、
二条殿福録ヲ為其位萬入　白因字寺本名
為因明寺以付御之物ハサラフアヒ以此者為自我書其
又対我事也　宇治殿御語也　付諸説ハ度年日ソ可設代
眷カリケル見ハ開白ハ服量人カナ以此事を不放中ト
設作タルセ　壊三条院大二ハ年廿給テ供養之壊二因学
寺トハ設改也　因明寺ハ松崎寺名也　松崎寺度年同
供養名不吉例也

舊例云々

久安三年八月音仰云同日稱社ノ耕進とも云社上陽
ス社ニ有也稲荷祇薗同時行幸之時ハ先稲荷上て奧
ツ伝テ次祇薗立て八澤倉え云沸也又白河院仰ニハ
二、宅佐使ノ間ハ晴セ誓倉立有ル二使假開ハ俱誓立
　時ハ奧倉カリテルニ宅佐使假間ハ伶拔鼙の有ルカと
　卜思カ

久安四年六月廿日南日拾二テ治立松放見容内不伏
父事ノ社竹漢家石泊其次社竹ニ明日菁女房寺姬君三位

文車祗候〈漢家／不注〉其次祗候之明日菩女房為姫君三位
位記請印品可請取也大内記長光可持来也可給禄
也必付之件筆未得心故八字間女叙位々記請印之
後爾請出内侍家之記之内記不可持向歟又将改故諸
前三位々記叙来於廿将持〈柳営〉持参之揖貫之後但
内親王女叙之位記近来可為使凡人不然歟以伺祗候之
鷹司叙以下三位々記不見又待賢門院三位時故無除
記之不見皇太后宮三位特〻女光部等可不出日記知行

記二不見留太侈令三位持文光語寸弥不出曰記祇
見所云二曰記又不見仍二条三位持敦光朝土卷文
内記持参也見枝記云中令若納言敦光卒可見之條
可返了仍以何年生臨時女信記拖小已不覚弐三
臨持又信記內記可職也不見候八苟内記持又仍
彩振以何敦光非日記蒙忽說銳用欲仍云河夫
造放使許行竹云可依芬仍其奥居放仍信云仍小明
色々青下三已帝旅末八三可二全百分五下

三

一
随被使行之、可依先例、其内男臣被仰之、然ハ明
先行請下位記持参事ハ追可一定、其旨[illegible]
又行之内記人ト開白有之、但先別紙示申之、内記ハ
宣旨也、付殿下所望文、先可続也、又書也、開白ハ語也
臣細請書開白其人、然我別紙書[illegible]之云[illegible]
下ハ内記人之時、以如開白我依望書与ヘ随[illegible]
之不及明也、但筆不足ハ不可一同也、内記人ハ下中
所望文許ヲ可計申也、細書之由申了、又ハ不知也云々

一所半文許ヲ付計半也綱書ニ自ラ文又不知也又
臣綱云非太政官下所八臣知也開白八臣綱可開白ト有
説ヲ得自諸司申文時可見時可沙汰也
又仰云内説ハ為大臣時従下奏時官奏文可内説
誰人哉予申云下奏不知未也従官奏史ヽ文説右
可此之同説
大弁宰左大弁次説大臣ヽヽ見了ハ内説并内説ヽ
後家ヽ許可ヲ内説大下自任其見文之後無内説
儀可然ヽ仰云我一所任官由大殿内説之時

儀可然之歟、御之我所望此官之由、大殿内談之時
官叅河守資之以下奏文持参、望蒙内説、凡不得心
又御之関白列上臈大臣上、何在時、時ニ可被宣下哉事
申云、委不知給、維但縦令左右大臣ハ従一位関白着
正二位特着之、此宣同位特様歟、御云、然有御之
其人之上ニ列セシムト云宣旨ハ希有事也、其人ノ下
列セシムト之宣旨如何事、申云、不覚、但宇治殿
大臣時依摂政列左右大臣上、而公季任太政大臣列

大臣特依摂政例者大臣上首宣季任太政大臣例
太政大臣下也　宣旨作也未見所又何云左我有法
成寺供養日着ハ太政大臣ニテ賜随身其宗忠元
上社例也
予申云前駈随身事如何雖見墨前記不見勘
出者日記作又令言云入道殿之處不知食元可見
史何事候御云件事ハ二条殿御記ニ見候七条
是調子ツ治テ社参雑事特任調子本支我ハ童大将
三人ヲシトテ御前ノ治シテ童随身ニ合仕ナ介有ル

三丈ヨミトテ御覧ノ沙汰ニテ童随身ニ令仕候ケリ
令申入道殿之處不知之由被仰也サリトモ大二条殿
備事令参御前ハ仕御覧ニ文殿御記トテイミシ
モノアリ其ヒニハ件事不見也何故文殿御記トハ号
哉ト申ニ二東御記文今日務承大有興候但不
見日記等柱ト類林さそかりつること何ヤ注進帰文
殿日記ト云事指テ不知候猶又殿大入道殿御覧
之間ニ始候数部記日記ニ上申等ニ所降注以段々殿追

之間二嬪儀於外記日記上垂清
考令七諸諸紆題也久東三条襖坂此面西ニ此さま
ならも父坂ニソも放奏去出之遊通会去日記所於
父去四年十月曽倚云羃官八冬ニ勘商瞳弘
久安四年十月曽仰云おと云々人之神ヶ巻し八
不着單袋放故白上令密内許時斜許於神自八不着
單衣令着出二單衣曰不着例於給并官職事
下居参到人をさ々くまわれねれ八束帯不着單衣

下居畢到人々善々くまわれれ八未特不着草花
又件云死供許八若毎度三六不拜次喜不特不拜服
畢特不拜
又行物詣次二社御出坂還京卯
評論次第正事論者皆走持参りもの沸怫二申云
車作使布洋之注楊王原懷如村卯三肉升奏
拜目鄉使木委不知人也嘗本定可催車
欲從改二柔成卯を土二永兄人も七八定瓶尾本

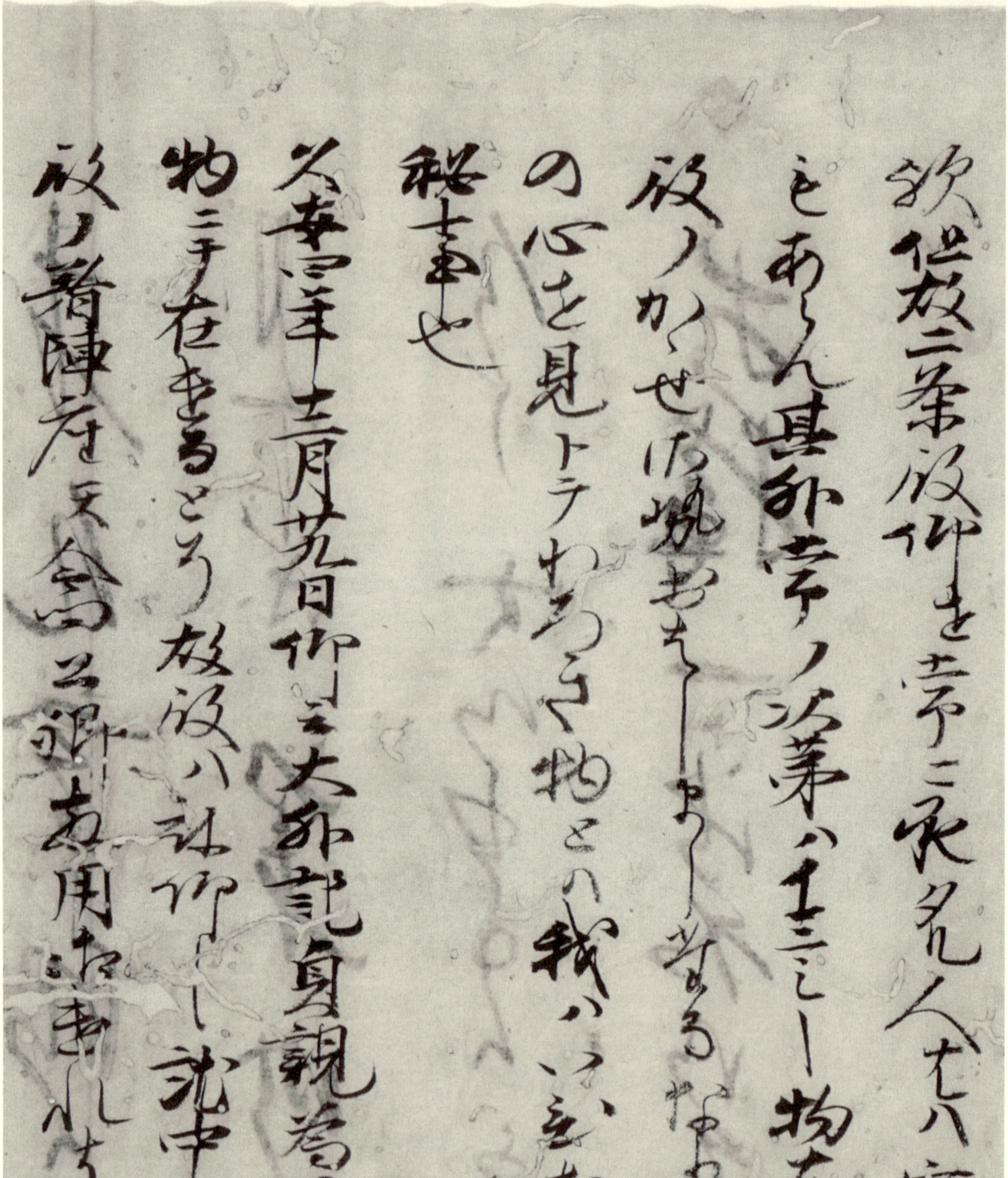

故ニ著陣彼ノ天余ニ御ニ友用ニ申ケレハ其ノ久ハ彼
忌ト申ケレハ支干ニラ不叶ニ社ノ行キケレハヤん
放子物忌ト申ケレハ滿座人ワラヒ給フ
久安五年三月音朝所年水ニ召權ノ中將ヤ方
并ニ私ニ賴朝カ使ヤ申云九石初給ノ許ニ宸襟
ヌ也造ニ稻也但傳フ名惡ノ廿八四度トノ云也
幸為ニ十ニ六稻ノ内六四セ目ロ奥耳セ若準之
六稻之内波四稻私 申ニ櫟合六稻之目ハ耳ロニ蒿三

右別懐若大臣ニテ懐ハ後ノ仍恒佐先枇杷大臣
薨又故殿ハ常ニ野干進奉之時ハ令出舎給云
又我ニ対遣ニ常ニ出舎キ　ト付檜皮全差此事
尤不便也
久安五年三月廿三日謁信西内大臣殿令申中将慶
賀事給之次仰云故院椿政事下詳ヱテ不可
有拝事也着服人ノ前物忌人ニテハ不拝也内
府亡中給云着服者許中慶之時半後之人向

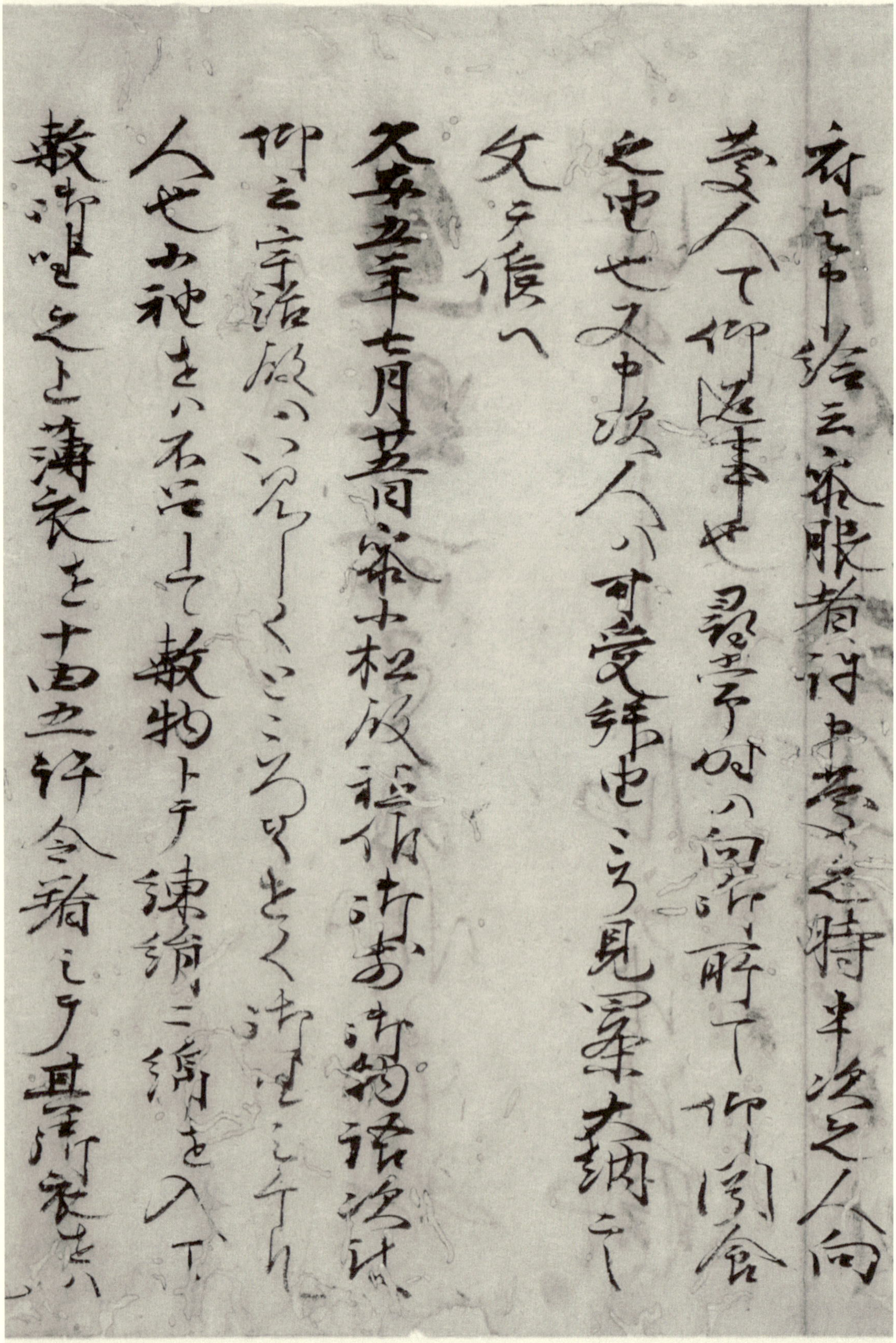

敷ヤ唯之上薄衣を十四五許令揩て且薄所衣ヲハ
自下次第ニ取テ火ニアフリテキセサラセケリ供佛祢
最末にか竟ひ仕詞太人なとに給きさ表ハ共ニ
ニカシテ物ヨ一ソヤたけまニ出湯後ニニ高御
なる練絹を食敷給タリケリ是度行フゟかゝる
久夕歳きハトちくせさ晩出さケ一まひニハケナヤヘ
汗身を兩面練絹を着出ニ湯令添給ケリ汗
あろへとふをそらを汗きありる

あるしとふとそらをわきさむりくる
忍術云故放中唯大敗放之時推忠令密まそ其
装束ハ故放う所表にき三四年を絡てきてか
帷着て相賢ハあさてようちき故放のありに
鞍花せ上と諍師かか我ハいやつき小袖を着て
ねをしかかなをいちらわるとといけらく
四カ度詐として化こて樊ハ心右所人とこそ
其境生年七廿二末齢一度心聞もちそむに

其ノ後生年七十ニ未ダ有一度忠問ヘルマシニ
之瑱ハハキロヤマトキル者也
久安五年十月二日三位僕得輸陣司来帯袍ヲ蘇
芳二了有リ云々哥着々色也赤袙ヲ可調ト云
春玖女房ニ仰セラレ云若吉ハ
穀夢シモ萌木リモ皆也尤哥調改世草衣ハ
哥襲セ表袴ノ裏赤又大口奇袿若可可襲
赤単衣也袙ハ何色リモ着セヨ付袴裏ヲ可

赤単衣也、袙ハ何色也ヲモ着セヨ、付袴裏ヲ可
着赤単衣也
久安六年七月十七日庚[illegible]上啓之[illegible]依[illegible]給向
依御[illegible]出之[illegible]及[illegible]被令[illegible]
叙位勘文給　未付伊予守元日叙位ハ未
御[illegible]對而[illegible]是[illegible]手御[illegible]拝上家司有[illegible]袴未持
參叙位勘文之也、明年勘文ヲ[illegible]ニ入テ居中門
車寄妻戸之外、深揖見上叙位令目給大音聲

労申子細　其後入給　若絶奉値退出　于時故殿
説叙位勘文給之儀　粗相違　法性寺殿之位記欲東三条殿帥特之時
叢殷々術識乃有此事之處　亦又作後舞人　故東三条見説
叙位勘文不似于家之作法
于家不可爲于家之作法　然年ハ眉ハ有拘束之躰
事外ニなるかし人也　事にことさらにこハフキヲせし給ト
せしまてハ兹又辨礼ヒニテ　ツキアカリテアリ　劣シモキナ
表衣ノ前ヲ頼ニ打手ト　然若ハ老後ニハ然年ニイニ
こしり似キ　上東ハ礼カニテ見物シト殷々ノ心敬
給けかさ未練ヲ行事トせし時ニ礼カにて見ちたる人ノ

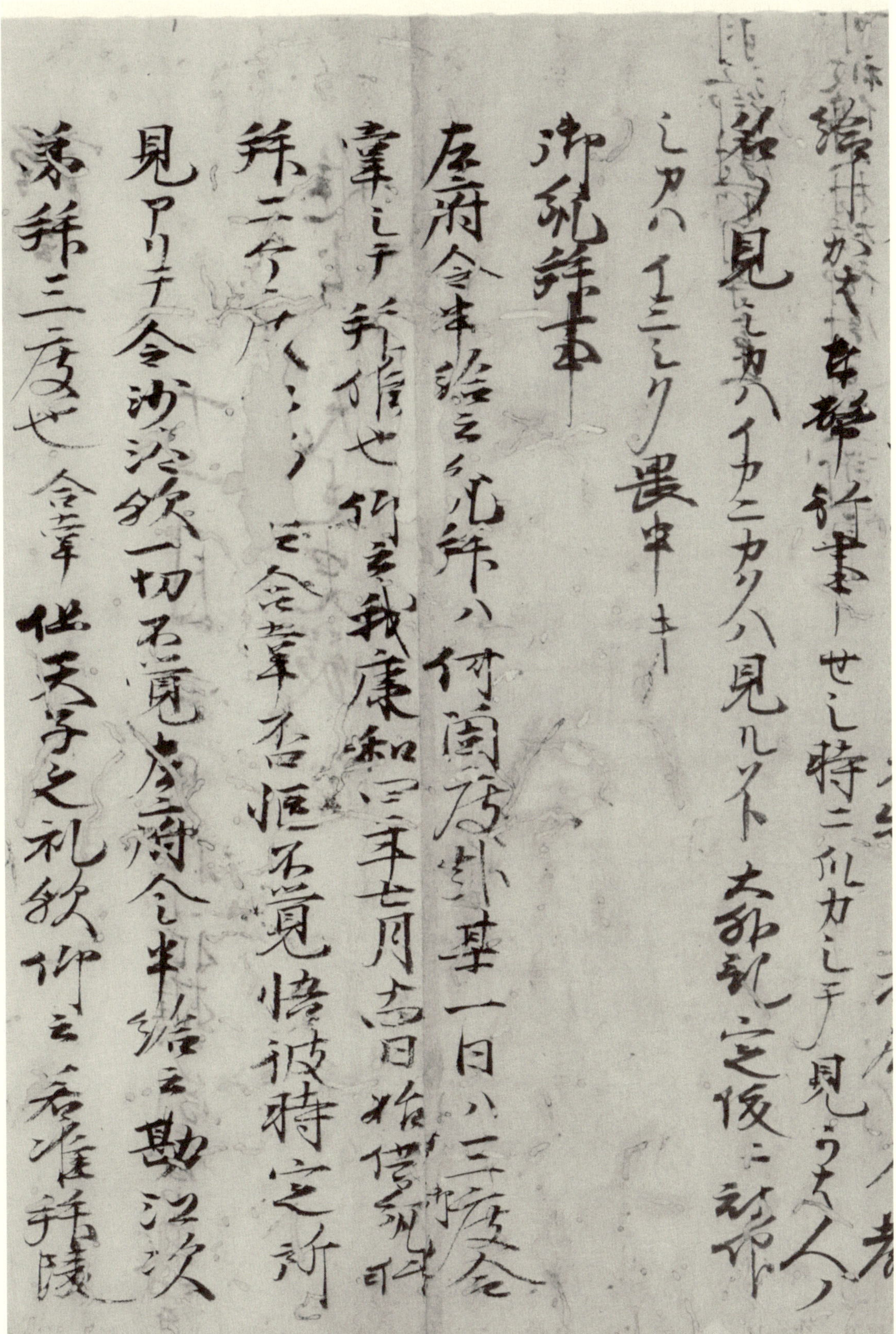

(10)

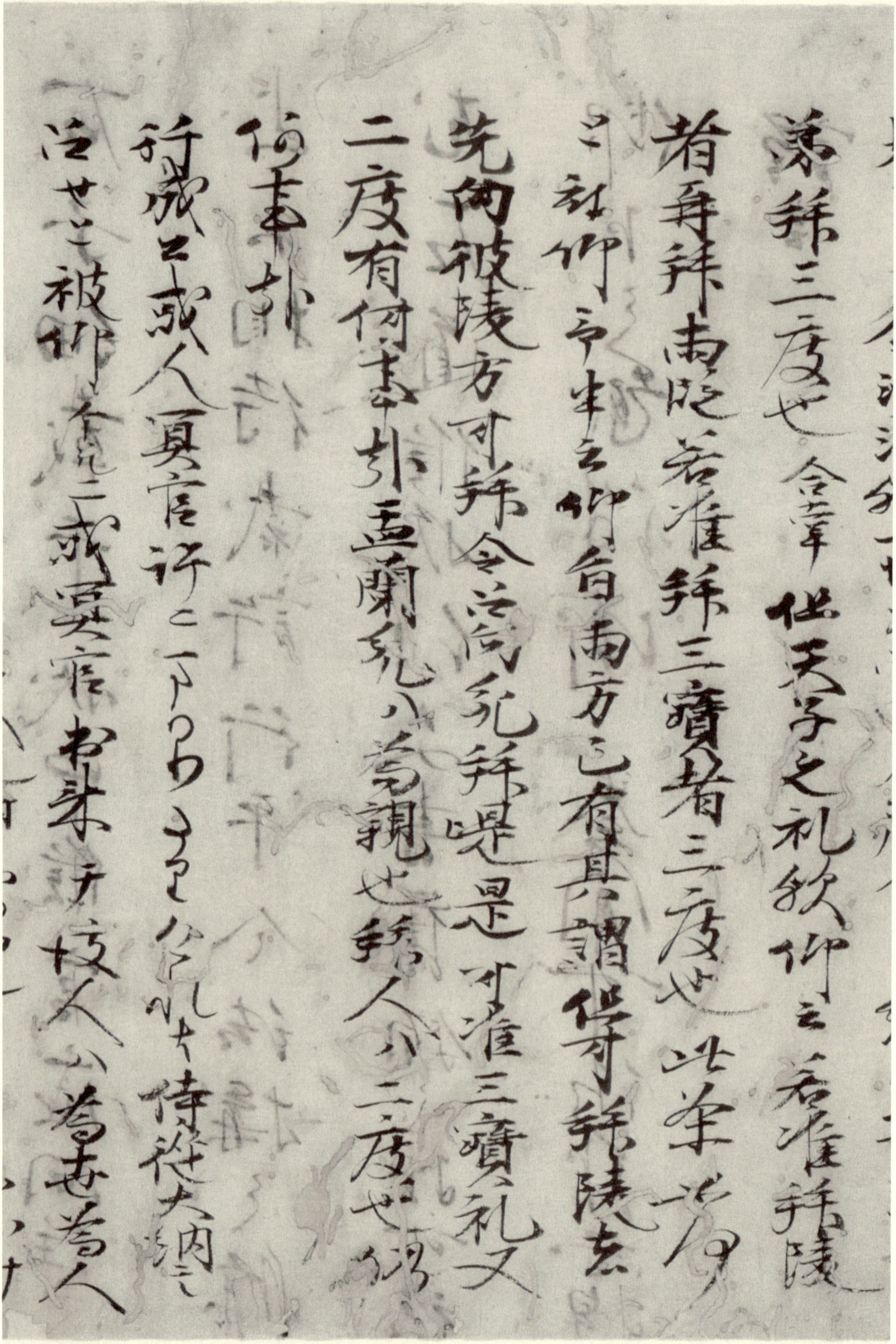

泣せて被仰合云、或宴宿者未了、歳人ハ為者為人
ニハミモしくうるをしきさ人也、騎なり云ろこ、ハ云け
り然るに宴有る人の文下の宣を兼事也云々、野宮殿
競給ふり事云ハ、宮中諸人、使人家前ニ集まり
事卿に懸歎ト事あと見一条摂政記
天文ノ封事
被封文ノハ天文奏封之様ニ逢ニ引返天封也所作
家天文奏ノハ引返封自余文ノハ巡ニ封之左大
臣令申給云天文奏ニ何相云テ人令封現非文云列

殷令生給ニ天文奏ヽ何様ニテ人令許說此文ニ列
事若為中說テ時ハ許當ニ本衣剣並着人
引懸給ヘ令お禽給之時ハ當時人者装束ニテ見之
化天文奏哉人ニモ當時者装束ヲ不改也
又御之我ハ三昧耶ヲ立ム卜思ナリ其願未遂雖未見
其文勤寺可　遂三昧耶人子孫繁昌也諸寺ナ
我事也他行法同雖有断絶於三昧耶者晝夜不断
事也九条殿立楞厳院法花三昧立本懐三昧後三昧院

事也九条殿立楞厳院法花三昧立本懐三昧後三昧院
立因宇治殿立三年未院仍子孫繁昌也而
我不遂供養遺恨也従ソコタチ也屋下然其寺欲造也
莫作今之半給云このころ基末か造遂給たんハ鳴呼事
ニテコソ候ヘ末世後所云九条殿ハ一人宰相雖不
坐為機非令造遂給ノ然者君何事乎
久安六年七月廿七日仰云故殿被仰云宇治殿被仰云訴訟
之道唐名本状不分明之時ハ猶本ソ為切也是千

之道唐本状不分明之時ハ猶本ヲ尋テ切也是千
覧志云論本ヲ薦善寺次ニ證出世寂ニ合半
被下状也
久安六年八月九日仰云故殿仰云上﨟ハ歌ニテハ合証
史文事第一事ニテ語之日記事ハ語ニ不云説
之秘之被也次詩歌事語之和歌事ハ自我上﨟
ニ遂天満宮之自讃フルモアリカラモ故堀川右府
宇治殿ニ奉逢天ニテハ殿ハ志ら琬さまへし

宇治殿ニ有逢テ兎ニ角ニ放ハ志ラ被ニ奉テ
軽ラコソ初テ報ヰ奉ルヘクカ是ヲハ於者
宇治殿ハ咲セ給ケリ次ニ云ニ弓馬事ヲハ語ラ
放後ハ〱トスルヲトラヘニカ助代久全不知宇治
殿花爪トヨホ馬ニ莱セ給フカ五暁ニ云
随身ニ所馬殿ニ佇ミ引出テ清セ出スヘシ引勢
地人ヘノセテ所現ニシヘハ吾馬到ラス舎ノ
トラヒヤキテ己如法選ミ直特鍾頭ニ給ヘシ

きくひなるましきを佃法云〻畫特纏頭の絵書
我朝ニ十繭トなし繭ノ宛竟物ニテありときこえさせ
し程相傳の物とて持タリしヲ當時高陽院御方
右衛門督某實家ニテアリしニ御覧せしニ燒亡アリテ
ヤノくなりき
同日御前女房のへニ川らる様ハ面草ハ赤クなくすそ
ニ帳ハさまゆみろやく付せ白物の三球付事ヘニの
うちたくハわろきなり近代女房はさてはいふ
しにて皆いおは

一にも皆以おなじ

近代男装束希有奇異也、四袖四[illegible]指貫為[illegible]

尾天ノ指ノクル、あさましき事也

久安元年八月廿三日朝餉渡御

同時可為大臣之由思食ニ不能奏也、件事ハ実[illegible]　御念誦之間也　仰云、実行実能

隆通卿よをも恵あつかひ大事因ける事も事あ

仍此事ハ有けり、実隆通卿ハ例ノ人ナク無理ニなる

まうさる、仍これらハ劣也、其中ニ実能なとこそよく

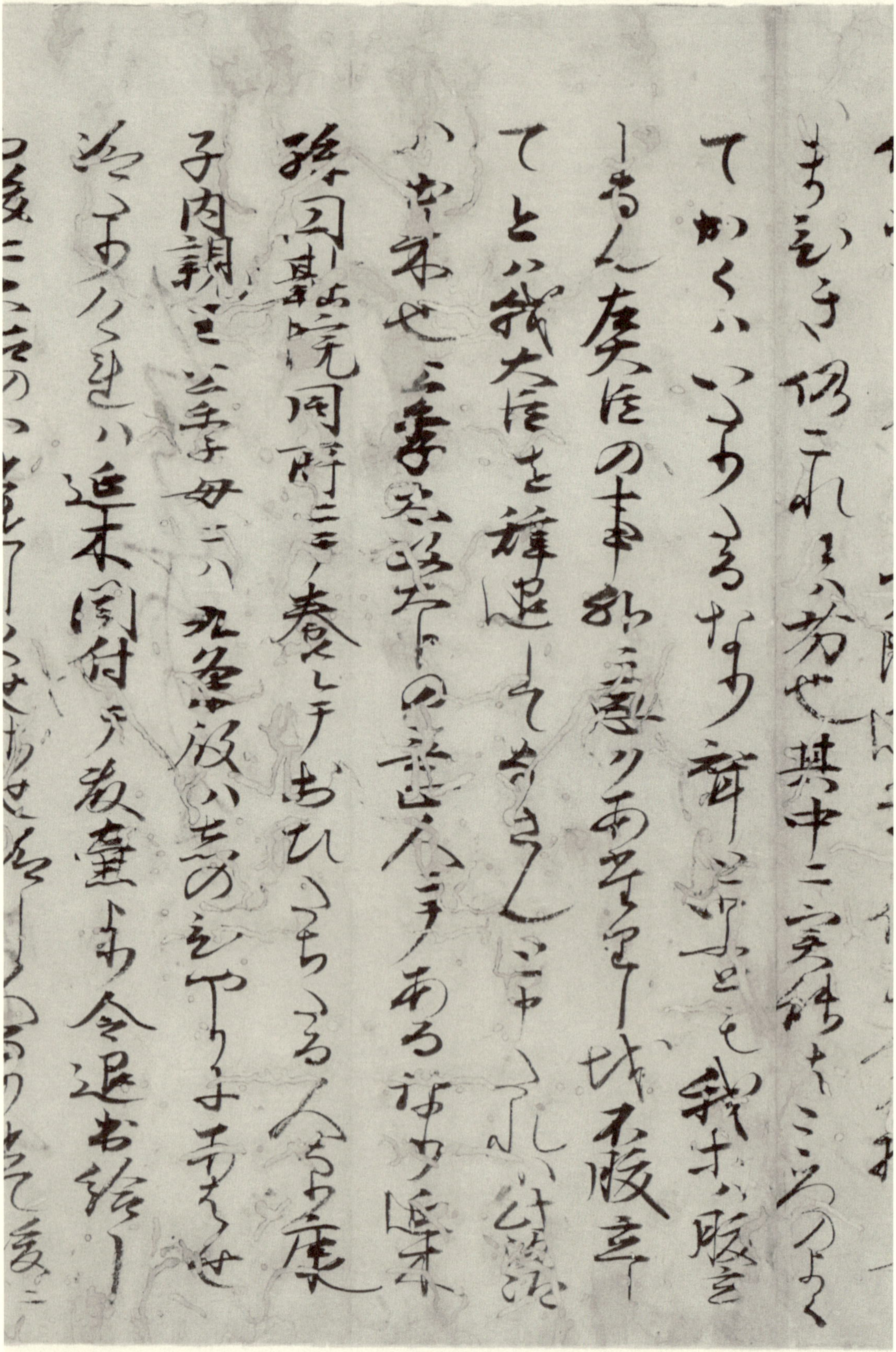

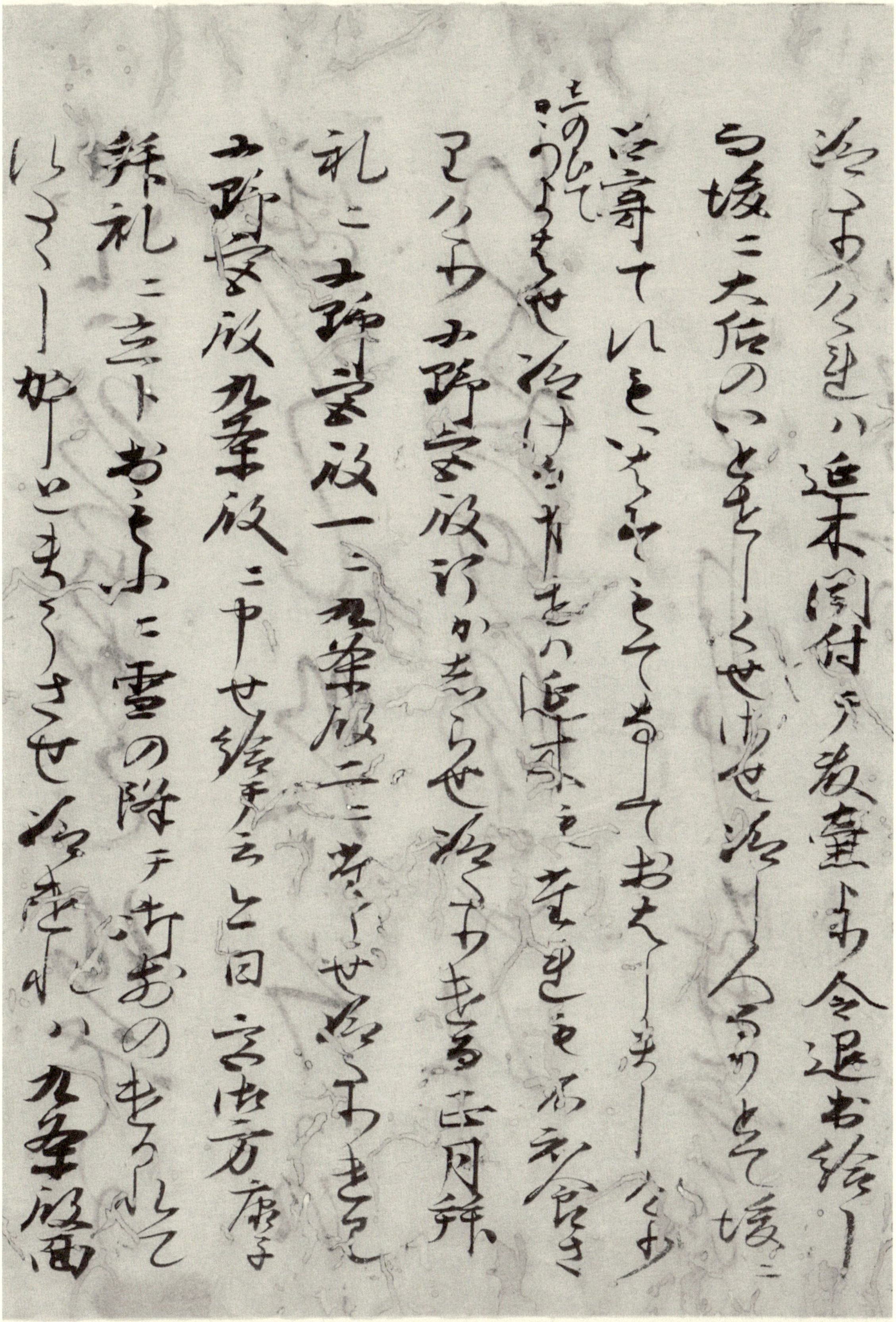

いゝゝかとまうさせぬハ九条殿
ツありてありしもゝゝゝおのれに又九条殿ハ閑か
おほさしめのへあらしに康子ハあさ
はてまゐる時ハ天下童謡あるなり

又仰云山階寺別当大要雖係入不秡補
申或申云別当不補故三年悔天下大事七院ハ
隆覚ツなきえを堪念ハる術なしを又隆覚ハ入
滅故のまゝよ話所と天下ニ披露こせ一日右

通成のもとへ　天下ニ披露之由　一日右
府ハ語申候しつ　但予今年之極ハ山階寺大衆不
上可補別當之由　難許之ヨシ語氣　春日大明神
参渡勧学院大衆並ニ一面ニ　尤不可然候　上皇依宿
善橋殿　天下　院へ　みもとへ人に尋候人をとも　御所[illegible]
春日大明神のもとゝ給　[illegible]いたして可候也
梵天授言是也　夢見事を　祈念候之　院ハ
[illegible]逃　心に候　長者夢ニも　寺僧夢ニも　見事かうく

所遁元にて長者夢にて童行夢にミ見事かくく
侯うやうことを申れく、ちこうこも人同し種紙ニ載
自筆所出り可き進院給其後ニ大臣宣下、尓
るへしと第三位中納言の中納言を申給へ、自陣
一人子まうけん中納言行元係御勤例ノ召権等
給ありけるとや行元係御勤例ノ召権等
清忠龍所出、社進院此坂元やり延房所を堀
川院ヽ二 三日、物を忠食つかまつりもうし仰せ
堀川院秘蔵をたへにさもちて果食さみたる

堀川院故殿をは、いとこきさきにてこそ果合にてわらは
下二条殿の、いみしき物異合せ給てをはしまし
着中小二条ニおはしまして、二条殿ハ二条ニおはしまし
まうしは毎日ニ斎有のたまはして参入して物まうし
又はハ二条殿ハをもてはかしこし出座給ニて
我容請之時ニ故殿御ニ此男学問ハせぬころ
無侶ならは詩作しらハ近房御中ニ播殿関白也
志を漢才不能之ヤまゝ詩ゝもまかせニ
くおほしまさて天下ハまさニこそせさせ給らん

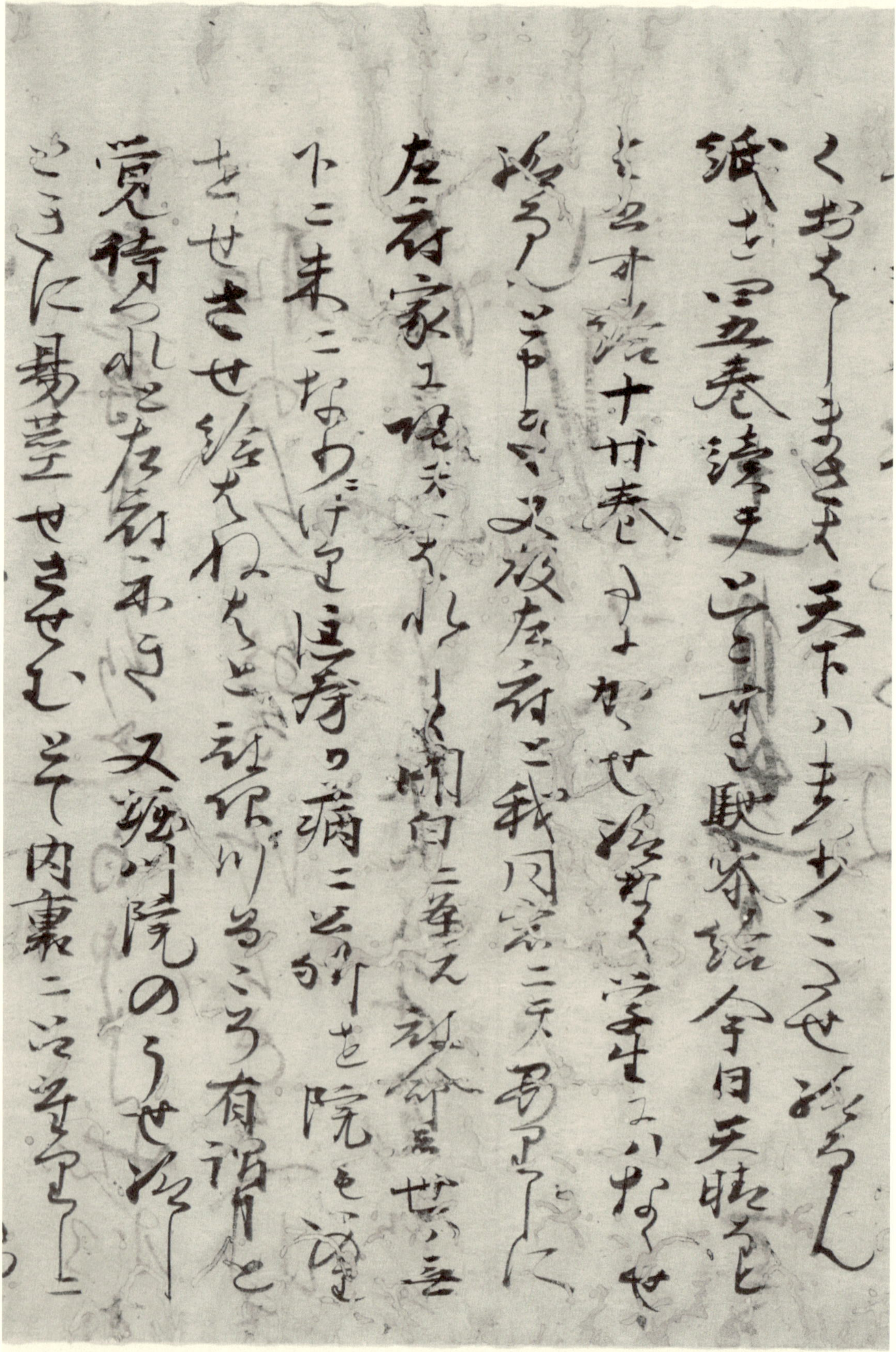

花冥気どその物ゝほ〳〵ゆるされセ物食ハ虫と悪
ませトいひさせ奉其タヒ崩
久安六年八月昔竹ミ近日小鷹狩之威セ我殊サ時ニ
面白いニテ〳〵覺れカセ十三回飛稲志さりし
好手ニ笙ノアリもツテニスハテ此ケ柿トス所ニ陸シ
馬ニ合テ晃祇ニ鷲ノ二ヰ末テ馬け三十三卯ニ
馬ツソリタリセニ鷲延ナリナチカヒテ飛下テ我ニ三
より三居タリしあゝヨれと覚十其坂大綱て物語を妙房

山ニ居タリシ両ノ人ニ覚キ其境大湖ニテ物語ヲ女ガ

ノ後ニシノ同ニカハ鷹好共鵜ニ成テ鷹ニ忌タリヒヲ

同ニカハ朝ニ起時殺テノ其後殺不好

又弥ニ覚継法服為捨別尼為長者子為我捨句

三度殺起着有事也若大眼前不令読仏聲是

未学之同海之放也又云大乗様ハ我ハ男ニ成テ有

有之身を我ナリ沙汰して法師ニ成トモ女タリ常ニ不

読不ハ不任我所思如何中を男手出ストモ

語ス乞ハ不任我所思如何ニ中ニ男尋出ストモ
殿不知食其極定四位侍従殿家隆ニ成可勝
欲傳ニテかくまて申すきゝは清力なり
久安六年十一月十二日朝于前物語次殿仰云鶏ハ
以ニ手薬るれこも不得公家鶏ハ雖為尚物
備供御也後三条院ハ鶏頭ニ胡桃ヲぬりとて
あまたて同食キト時範ハ語キ
又仰云故殿仰ニ宇治殿ハ所門ニ有人の幸ニ常と

又御出被御ニ宇治殿ハ御門ニ有人の車前と
被入て令乗給テ御行而見之所ゝ移馬をハ引
せて御坐ス午ノ又随身ハ上臈 皆歩ニ歩行
して御共ニハ候ヰ老者ちよハ御車にさうちそ従
者ニ懸テ而見ゝ候ゝ近代ちとハ殿ハ随身皆走
騎馬又入御宇治之時随身ちと車取坂まて大歩
行自件所乗馬ニ近代わうぎ東洞院邊乗馬云
然事也 又古ハ蔵人所ニ布衣人居樓テ有ケリ達

我事也　又云ハ蔵人所ニ布衣人居様テ有ケリ遠
ハ障子上ニ居テ有ケリ此両ト云事ハなかりしなり
近来此両ハ出来也食物ハ三度まゐる折ハ盡抑
まゐる─其をハ透渡殿ノ妻戸口ニ持出テ手ヲ叉シテ
今ハ六位職事─容入給テ持テ蔵人所ニテ分テ給
せ被給家か語云範永補蔵人タリケル始ニ給仕
衛府新テ持テ蔵人所之西透渡殿の磨たるに
かえてつかまつり析敷タリケル範永か云ケルハ我
上日出家をしてうせ有らやとこそ云ノムヲ又同人語

七日出家をしてうせ有ケりと、これより又同人語
云、行おそろし羅之藏人所ニおきる時ハ八幡別當清
成ガ參入して藏人所大盤ノ上ノ方ニ居タリケリ手
爲三ニ治おそろしきをみて食て日本ハ打割を
わろくしてまつせのり塩をいまずらしなりくて
ついまいをといるう又治銚子ニ酒ヲ入テ給仰ケリ
よつけ飲ケり遊来(幡)別當全不飲

久安六年十一月廿三日依行三形相命法平同依法平
中云、露ト云硯ハ瓦硯歟　仰云、稀有露トハ瓦ニ付ル

中云露卜云硯ハ瓦硯歟仰云我モ有露卜ハ瓦ニ付歟
将力石也云ハ件硯ノ足ニハ小萩ヲ蒔キ次水精露ヲ
入光有リ若付ケハ若被受誅申云放仁裏府身二
相令芟年向テ候云々予云畢長候云々仁裏
ニ相令シ被誰入ヘト同云ス予通
大納言子也入通前ニ瓦硯調長能々佐玉予命云
是ハ露力切也此合ハヒト初給欤為仰云件硯ヲ示
ニカ侍従光申云仁裏ニ給リ寂雲法師ヲ斗為ヤ

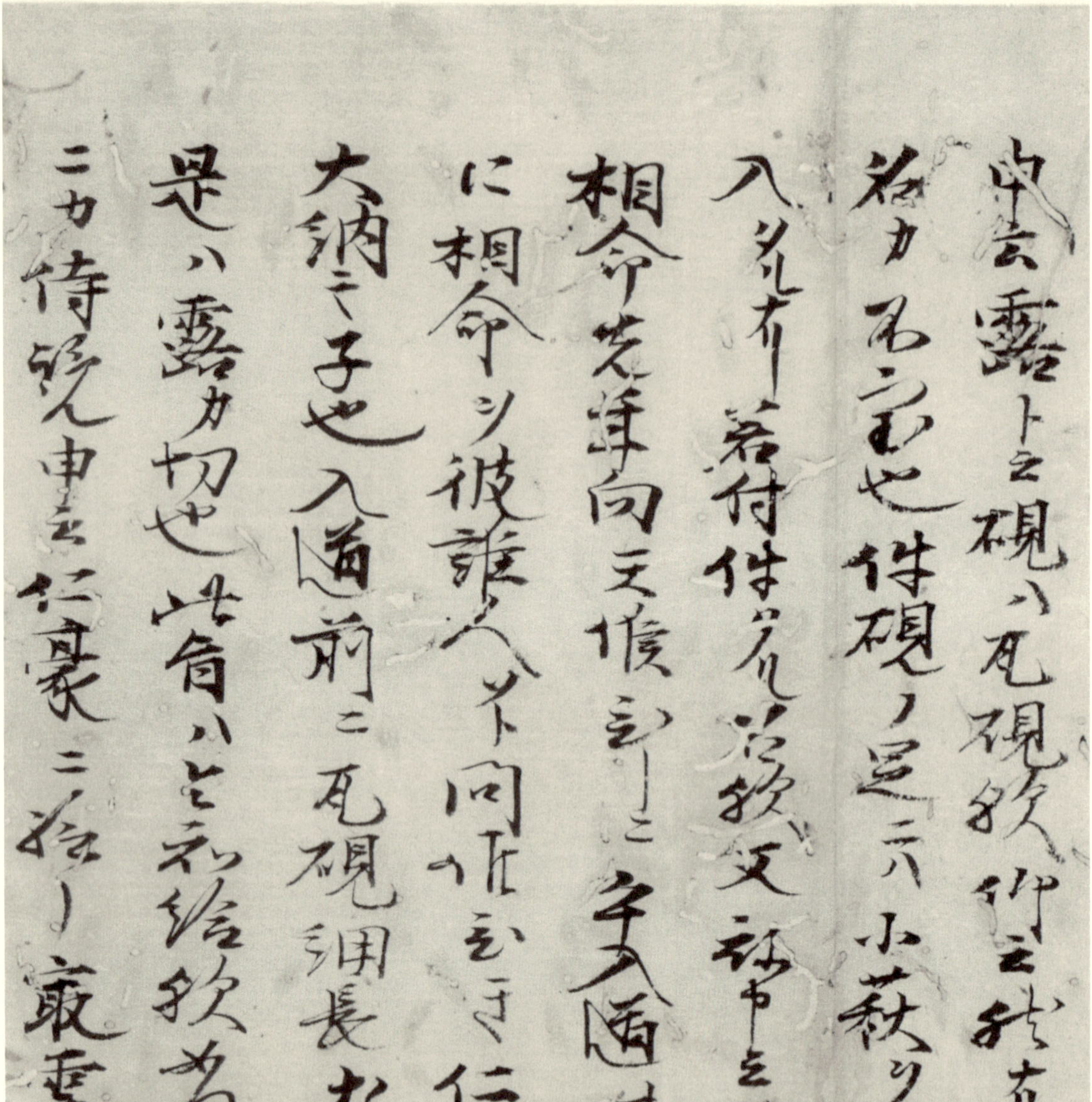

ニカ侍鏡申ニ仁豪ニ扮ト寂雲法師許ニ有ヘキヤ
ヲコランマタ社十ニ有許ニ右府ノ行事ト号
序ハ彦退カセタリトモ土佐郡ノ大寛野ヲ竹王在ル
社之檀テ社服立テ彦退ニ此序法出セヨト申テ
ソレヲ遣ニツキテ社芳ノ高名ノ中萬下ニ視テ侍同
服立テ社蹄破サスアラウ社中ニウテヽサキ侍
ケチラウ竹ミ云横ノ草トモ多積テ視カ上ニ看テ
服立テ走上ラ社越ニ社蹈破カサレトン

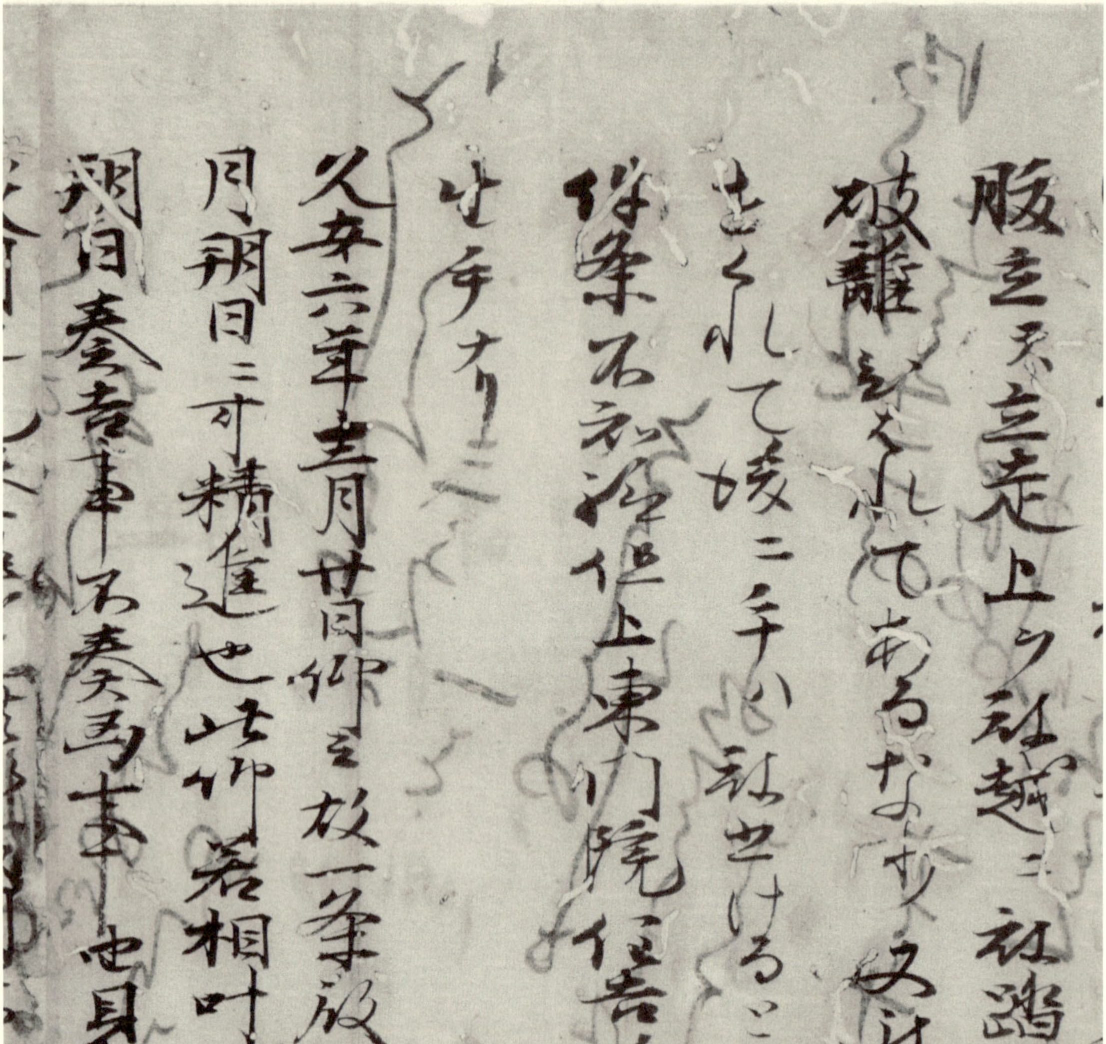

(19)

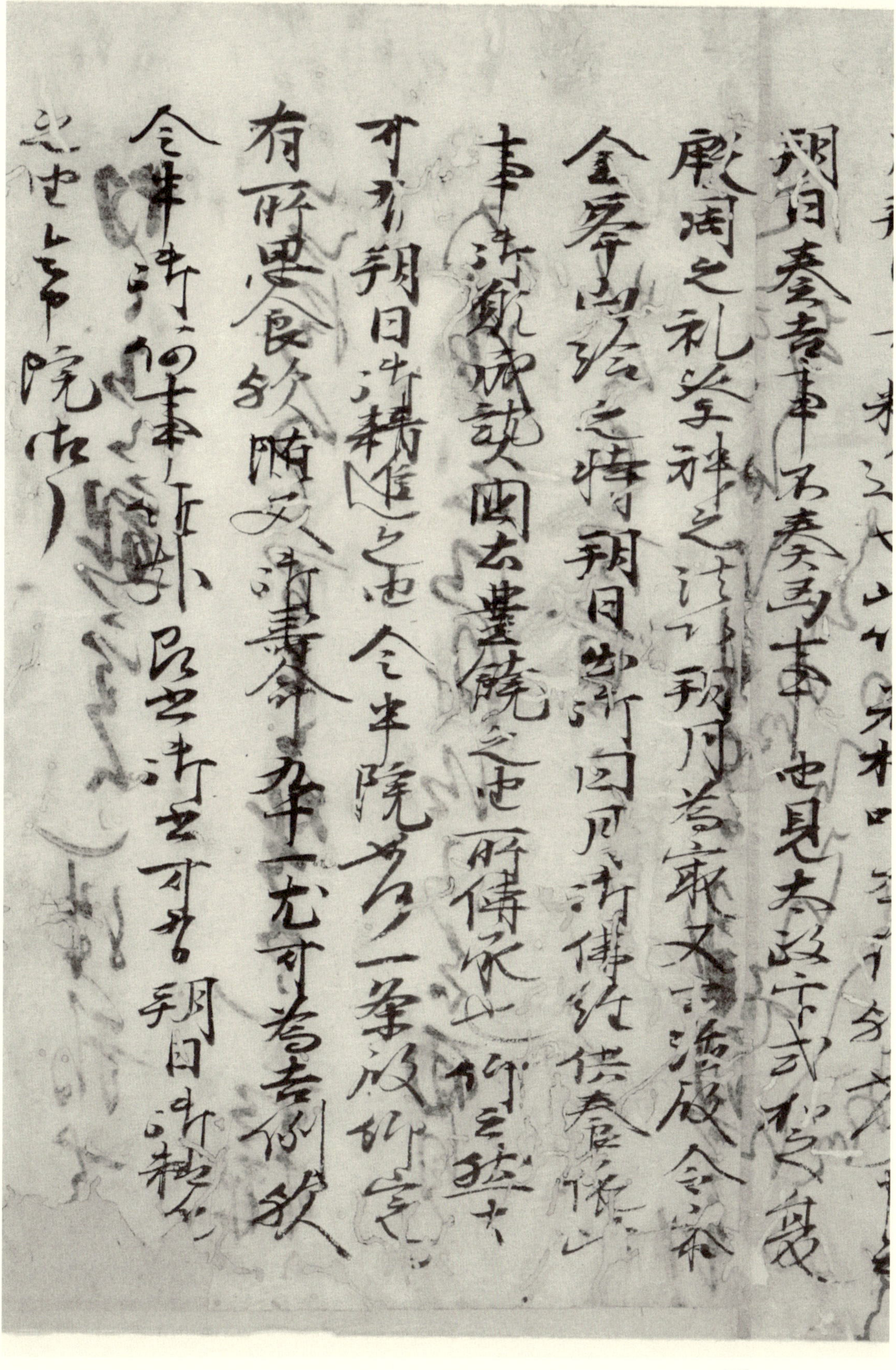

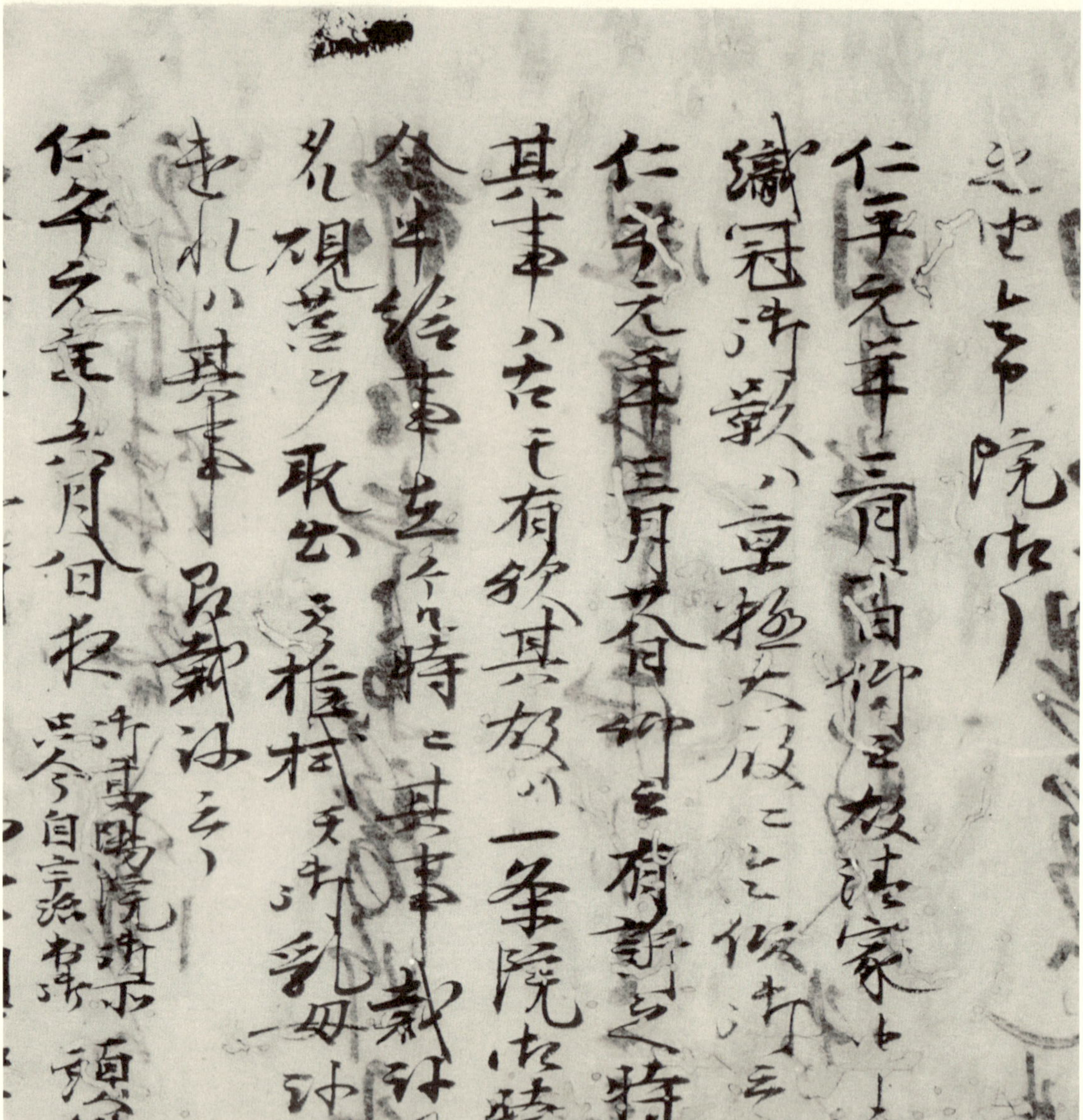

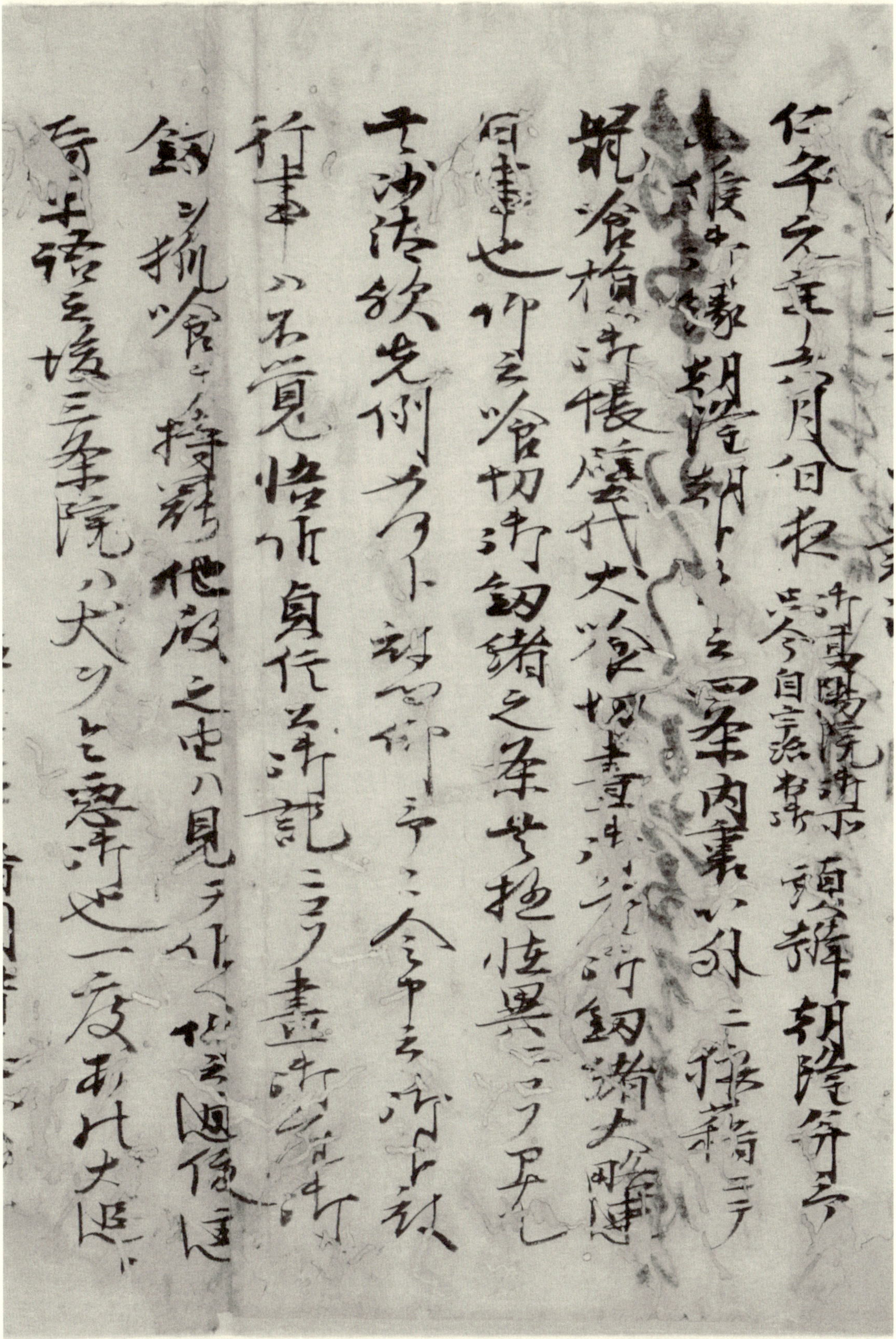

(20)

鉢ヲ捧ケ㯃羅他房之ハリ見ユ人桧足ニ
与土語云境三摩院ハ犬クヒ峯所ヒ一度あれ大臣
託仰タリセハ自内裏ヨリ始テ豆中ノ諸国皆悉大クム
宮ニシテと誌きヲヽを圓倉ニテ氣ニケラさかセリ
託語去レハ其境又陸王所ヲ音斎ま・感スル所
安サニケるヽ
仁平元年七月十六日疱瘡所 鳥羽院云
給行物語之次仰云向河院先年ニ境三摩院之祀

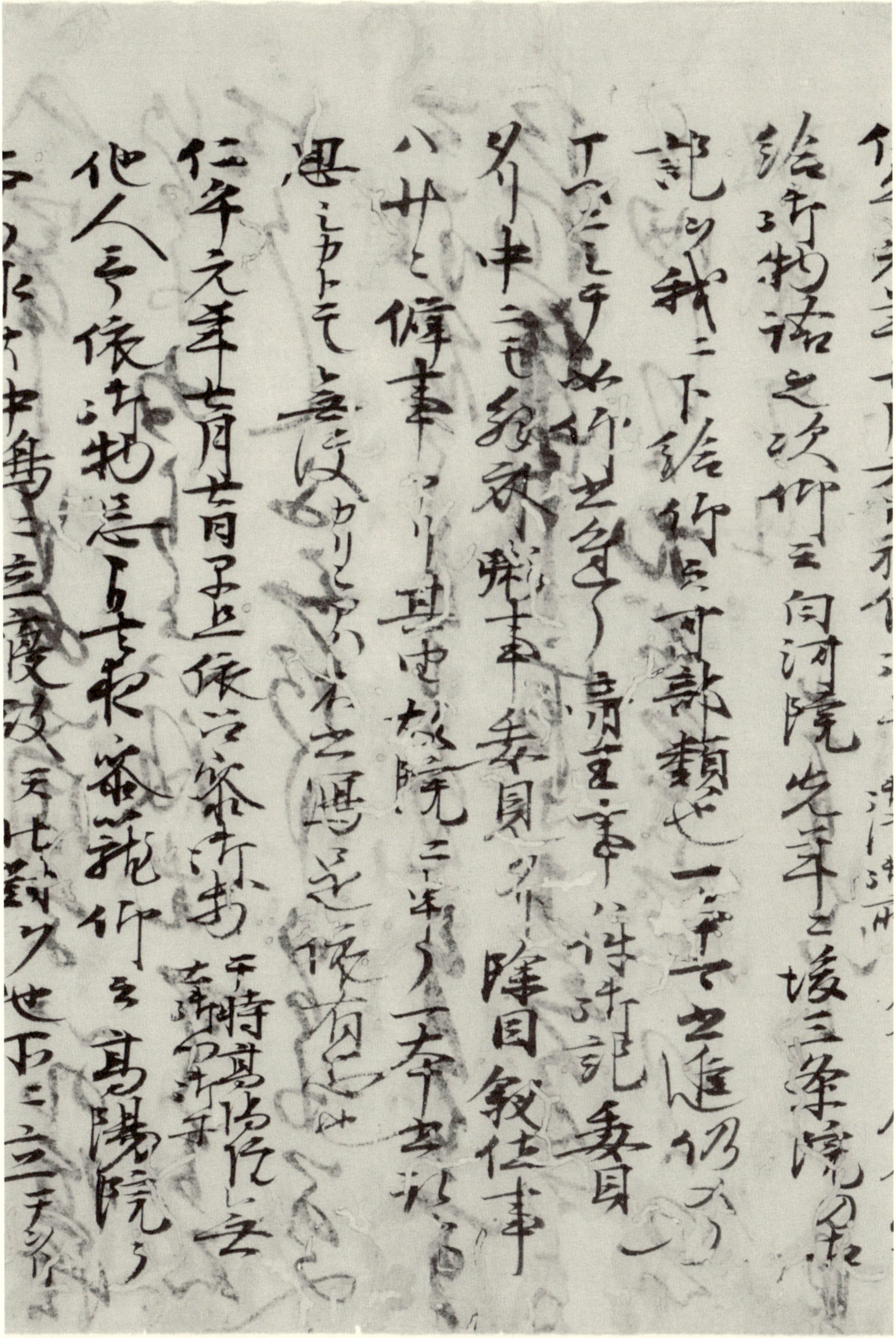

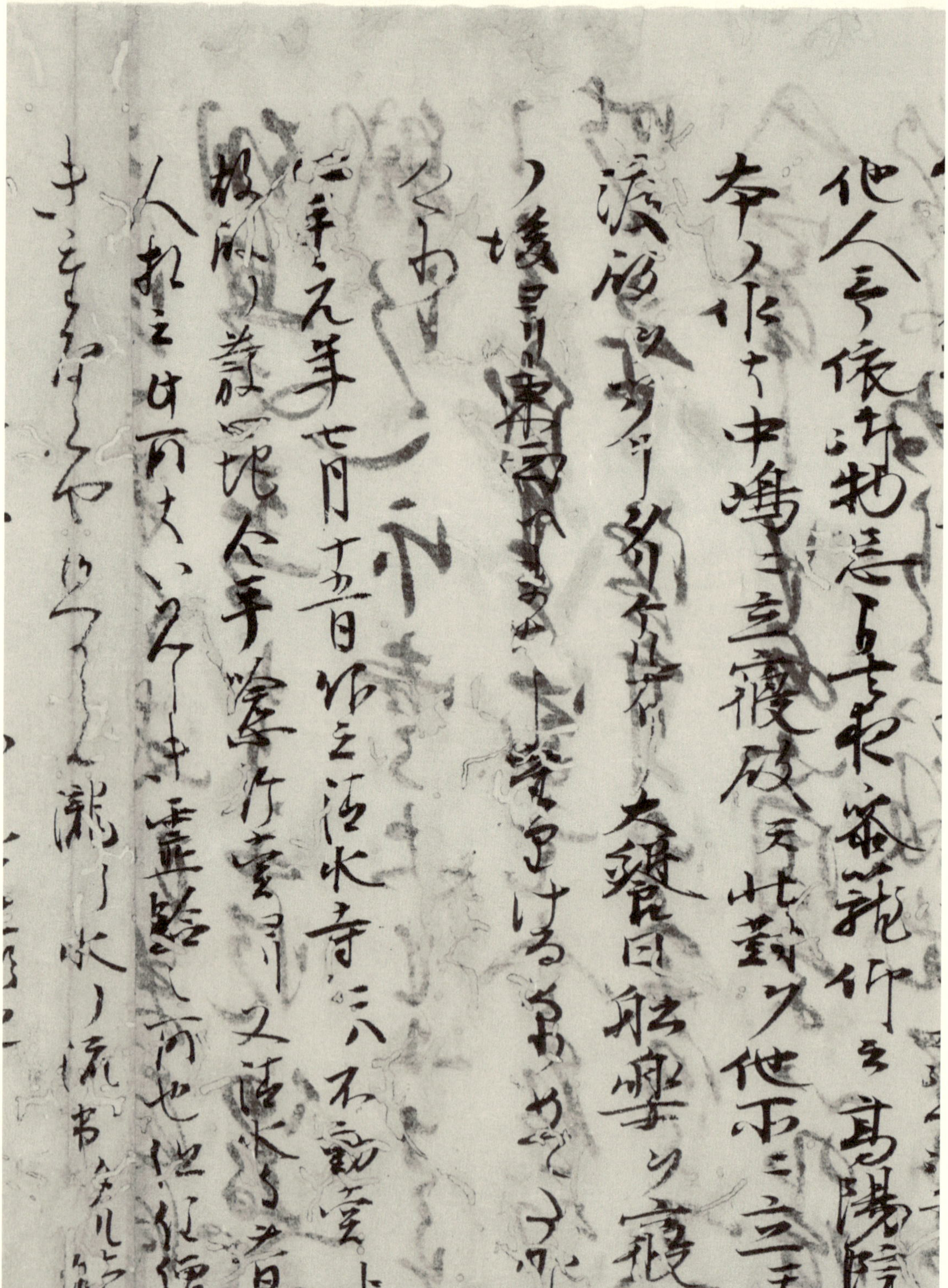

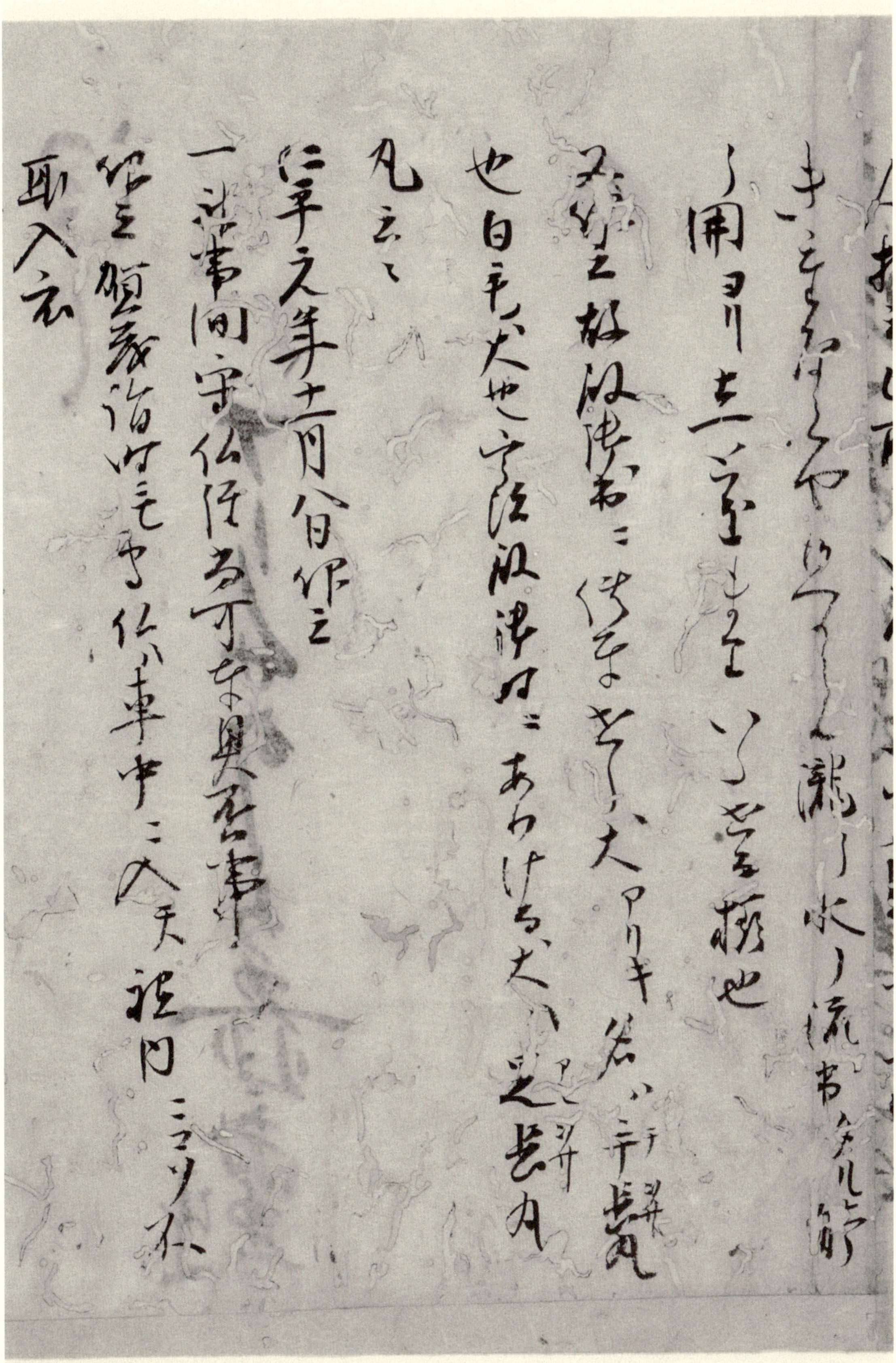

(21)

取入記
一食完者七日、後苦并非苦事
望或又限七日不及無議共仁元年
廿日開白食産七日、後相具宿祢儿起責
之る七日、雑五ヶ者恍了二月通可覚卜見
り此者七日、後も帰可忌文ん小葉が後来
春也り久キ東宮三于法躰其の在けり
そや日云四にする年ろる也

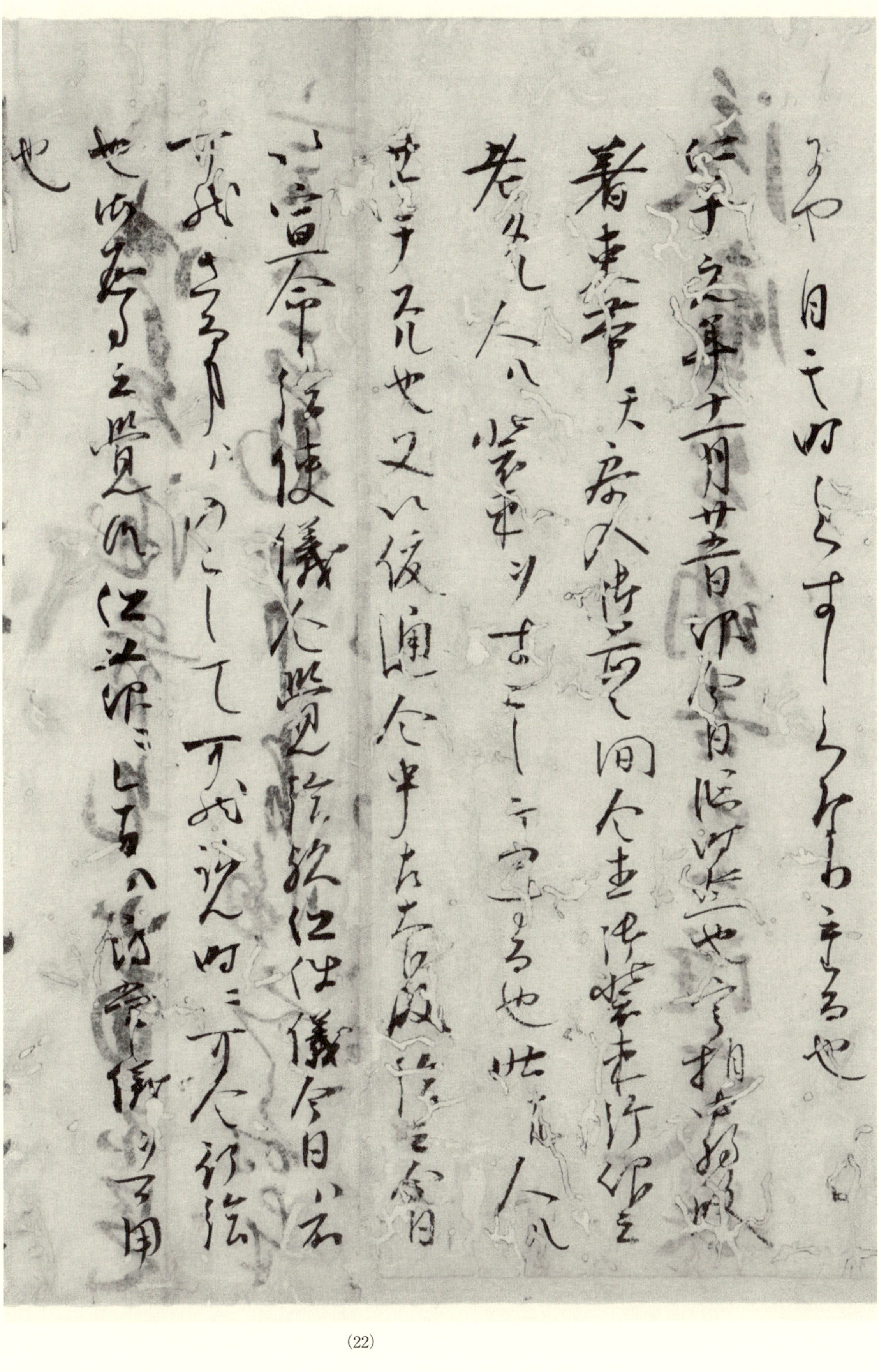

(22)

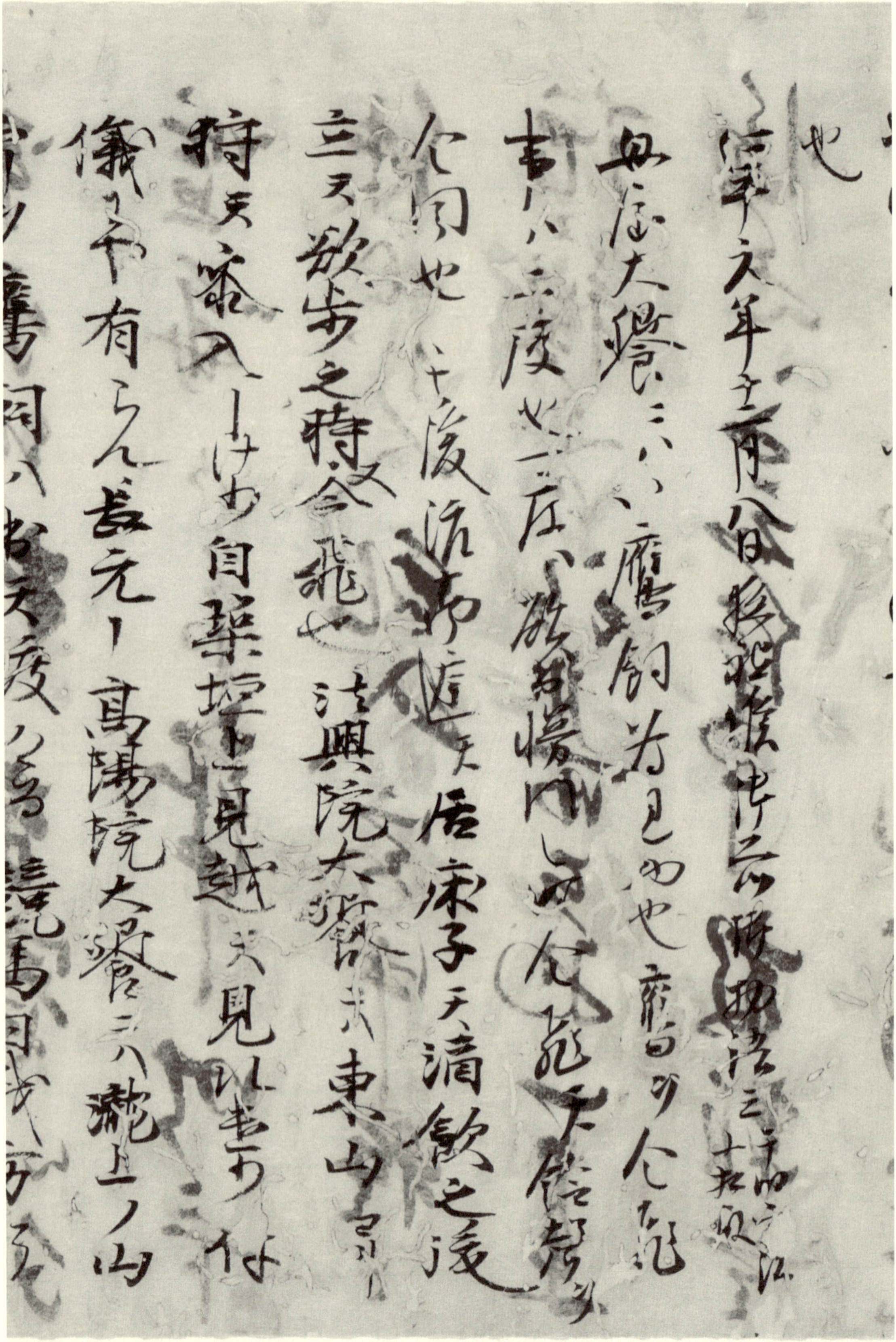

儀ヤ有らん長元ノ高陽院大饗ニハ龍王ノ山
前ソノ鷹飼ハ出テ渡ル競馬日我方ノ
負セ上臈ト乗特ヨは上臈ニ勝ハ六上臈ツ取
龍天大臣ノ前ヲノ程ニて八成テ先ニ立右近ノ
府将武者ノ試ニ召特ツ合手番府之将時ハ宜
仕ヘ人ニ参大臣ノ許ノ又衛門ニ人ニ
秘テ法興院馬場ニて召特ニ乗競馬ヲ見せ
実資大臣乗車テ於馬場来寄ニ見物被如

文資大后乗壺車之於馬場東窟ニ見物其始
ニ給ノ御衣ヲ車ニ入天御覧きる天時暁ニ向
二自東ニ社壇頭けふニ之時府ニ懸天上天祇
入江ニ至ルウ北ニ向ヒ立□ラ丸久□レ江
方ノ大ねの馬場末マ天リヨ□□ラ□レ
武徳殿十五月競馬八騎ノ引ケ八遠騎セ雖
我騎賞八事外ニ三馬連セ武徳殿村越玉八枝
給与七日前倉下名給時ノ儕八同抵二其セ

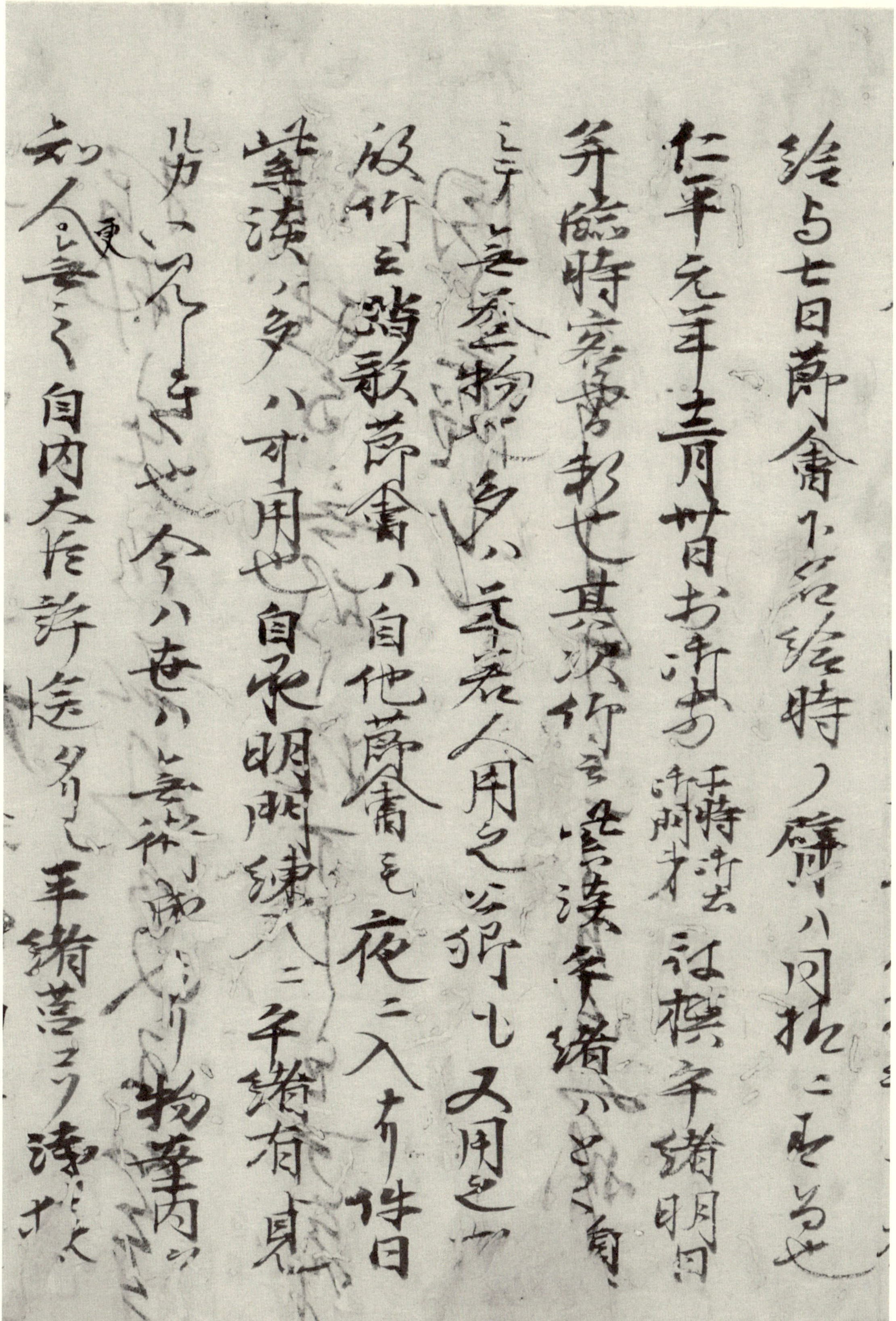

如人シク自内大臣許慇ヲ引テ、羊緒善ラ連セ
かの事ら千緒ヶ長估ニ帯テ入せ也とも網長ニテ出かや
しめりき、
仁平二年三月廿日僧清詠下御一故波小兒違
ハ柏書セ給ヘきあり、指賀ノ路くゐテ侍せ
云月高聟云云ト和緒云て、柏賀ト恐縫て心所心ニより堂〻
柏書て、 みれたよ治ンそれてし玉給きと衣
るすほ尾ントテイヤさきり、と侍給そも
きとすちの冬ノもしらうり

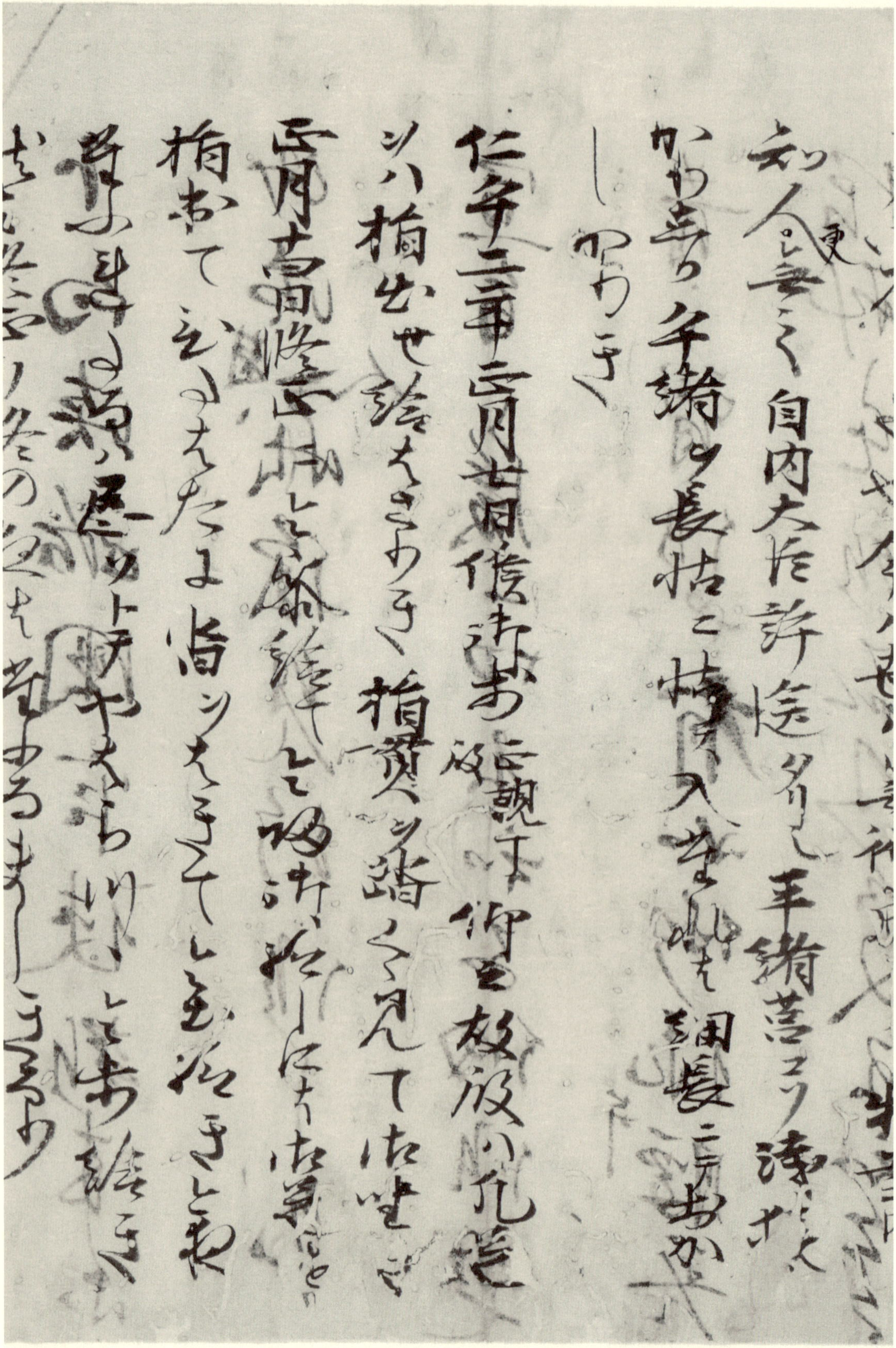

仁平三年三月十三日付云所望ト云福本情三昧鐘
日注螺ヲノ禅話キ不能吹ケ八所望所手習
令取給上テ之吹給○三所聞ヲ合吾レ
時人感ーての志ハ了
同日仰云古人ハ宿曜ハ五用致所云亭治眼ノ時
宿曜ト云父家ニ八不見せ又日筆ニ云ニ載中云店宿

宿曜ト云文家ニハ不見セミ曰筆々ニ我中云法宿
曜ヤ仕可ㇾとやも之時仰云令和知被をや
ぬや法アリケム我を不ネト社仰ーなあミ被
一筆改ㇾ宿曜のや法令下ヶ地にも云々行
仁平四年三月廿言夜仲おハ松波テ将前をヲ守御物
語之次仲云先手馬野滝暖上ノ以院長ト
仲切儀切ハ我三条此万里ノ小路乃西滝隆行宅ニ
居々刋伊滝隆家ニソ見ムよ云方あよ上届部た

居タリト伴ナ陰家ニテ見テ、ヨリ入テ申上ケルを
ニケレハ贈を志川けてへケーニ
けれほてをれてほうれる物を云奉ル化
三ト其嫂ハ不云定言遣有葉ラ対様馬路ら
仁平四年三月廿日雨降祗候申者
所物語ヲ次仰を教義与酒身ニ敢ト八一服也母
宮仕セ件女ノ郡を髪を産乱舞ハ其嫂言
武尺件女ノ行ナウきる事ヲ愛ケルニソノ主リ女

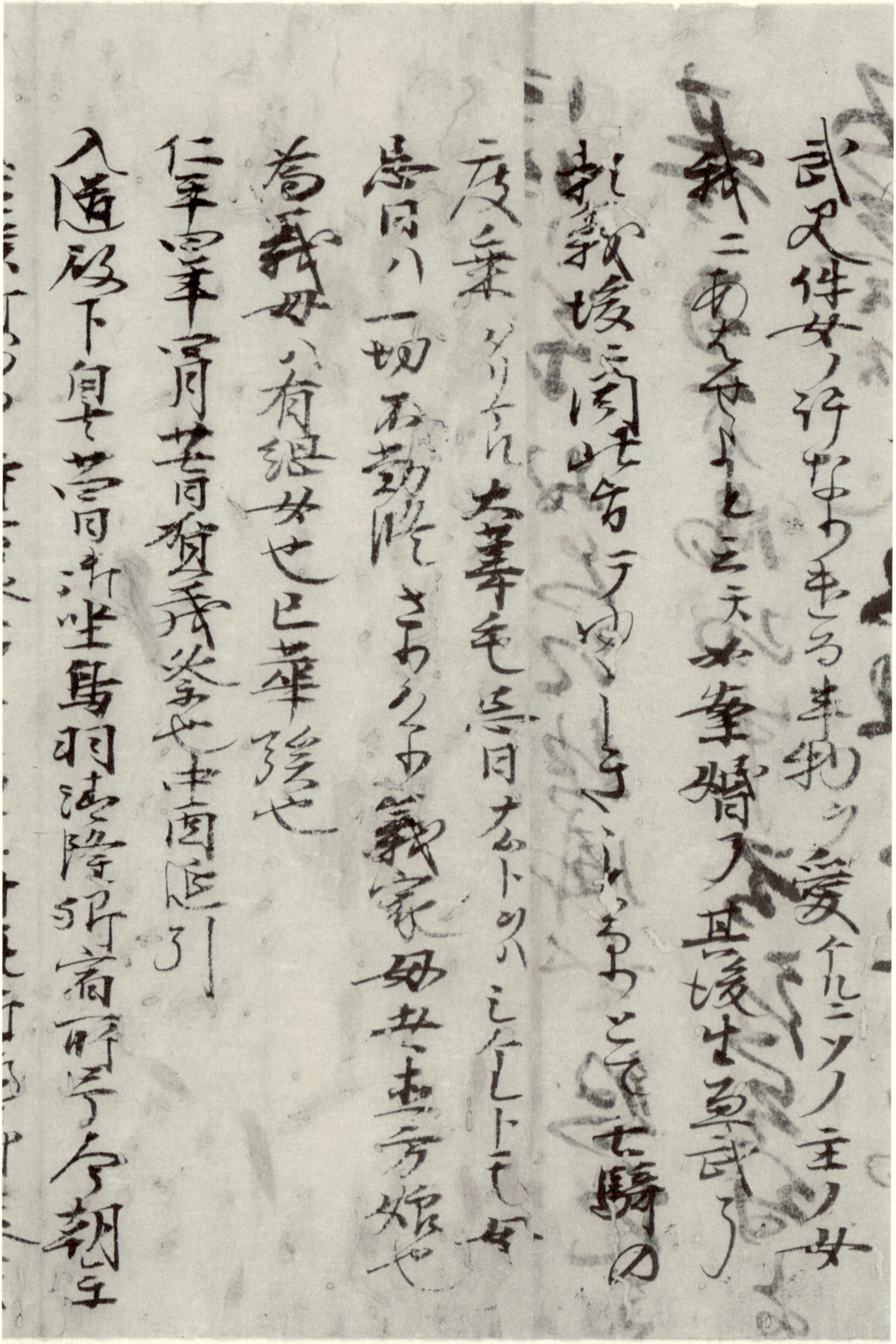

入道砂下自筆苻所坐馬羽徳障所宿所三ヶ今朝王
入狂僕許あつて侍共葵つくヽさゝて、付疵き巻仰て参も
庭ニ非懸く物母屋ニ懸せ、但何事有らう早庭三可
懸せ
仁平四年五月廿日 院仰可
奏帯三赤単衣赤大口女房八紅袴人々石帯事也笙
予進年例之 女房流袴男八自神尼石帯心垢八鳥羽
所御懸 許渡日至上所裳末 女房裳末可用紅
〆。〻印云左右家度三八吾別黄牛吾許太同次且

御前御覧　御渡日　未上御装束　女房装束可用紅
梅也　又仰云　件家渡ニハ可了黄半臂可行事用欲其
故ハ近世せし仁和寺ノミ宮ノ御渡けるに引
黄半臂及用ヲ無籠入職　仍放家其渡所之袷徒
之時不可黄半臂不可也及用　我モ此成樂院渡ニ可引
黄半臂不被及用
仁平四年六月四日　被仰御前御装束　童人ハ西及ハ二倍
織物ノ單重ヲ着也　袍令ハ女房蔵院ニ被引ノ
[illegible]

織物ノ単重ヲ着也、仮令ハ女房花綾ニ別色ノ
文ヲ織也、近代見ル、常ノ綾ノ単重ヲハ擣[illegible]ノ
衣トテ[illegible]人ハ不着也、故殿仰也、[illegible]
不令着給也
同月十二日、朝御云、摩訶寺有ル人〃ハ奉造五大尊、且
殿中二大般若ヲ奉転、天寿新之時、摩訶寺
三之法性寺五大堂、法成寺五大堂等付云、但此事
故同右府入道〔宗忠〕之説、未奉故殿仰也

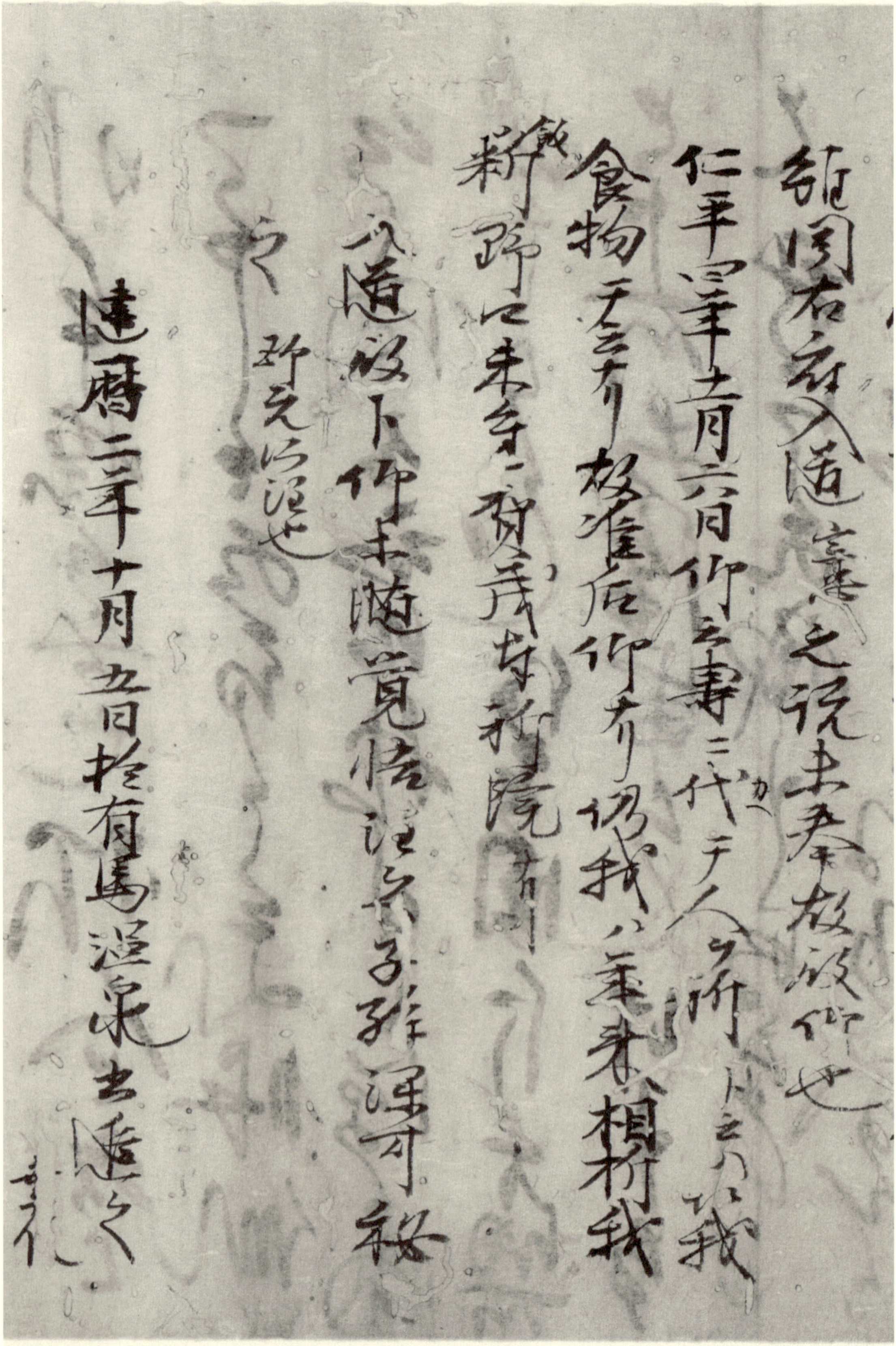

猶同右府入道實能之説也、奉故殿仰也

仁平四年十一月六日仰云、尋三代テ人ノ所トニハ我

食物テニナリ、故准后仰ナリ、協我八歳未相折我

飯新跡ニ未年ニ賀茂斎院ナリ

入道殿下仰ニ随覚悟注之、子孫深可秘

之

外見可渥也

建暦二年十月五日於有馬温泉書之

建暦二年十月五日於有馬温泉書進之　書了

本奥書云

安貞三年三位證本書写之不校了在判　判也　證本

以校了

中外抄 下巻 紙背

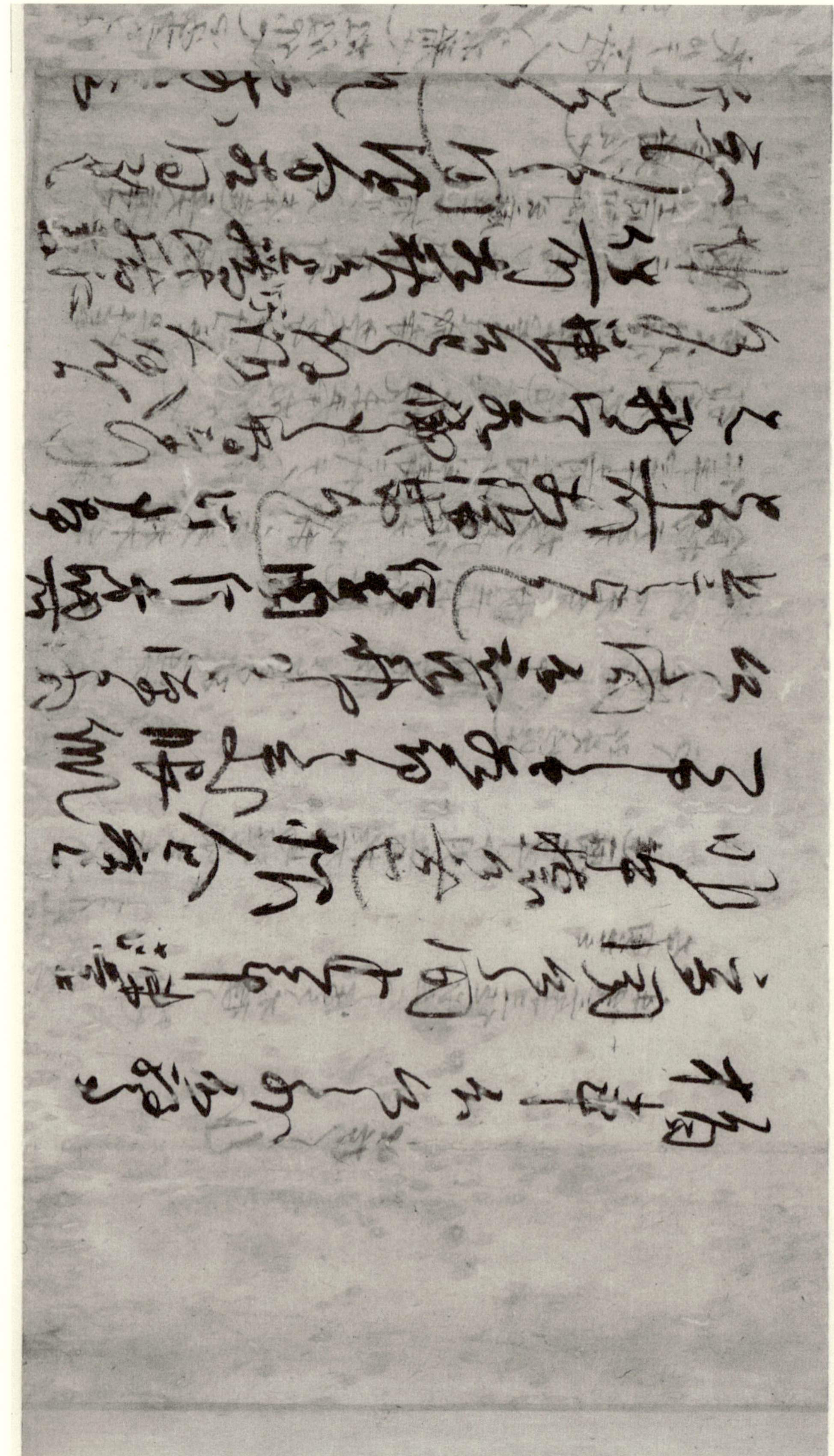

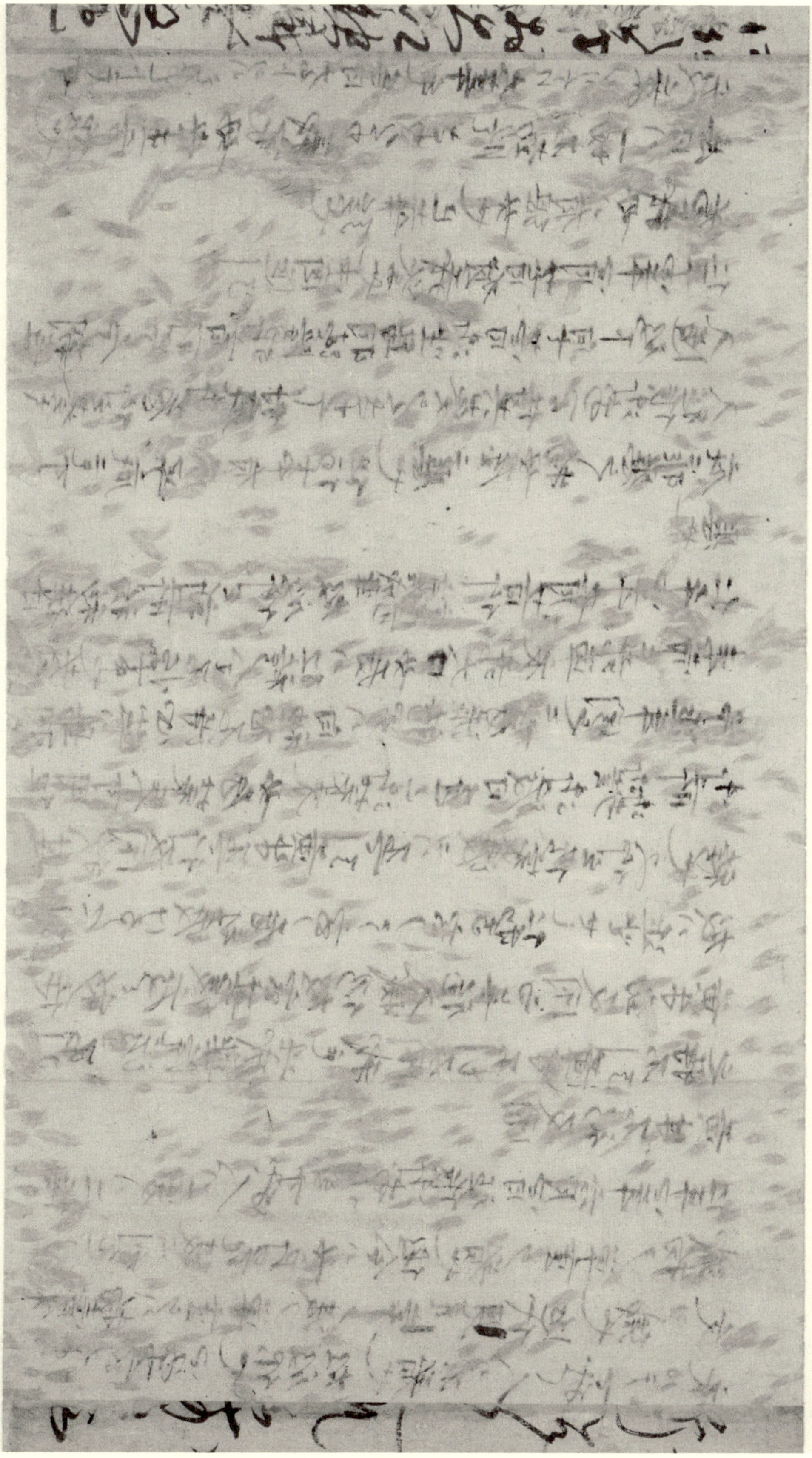

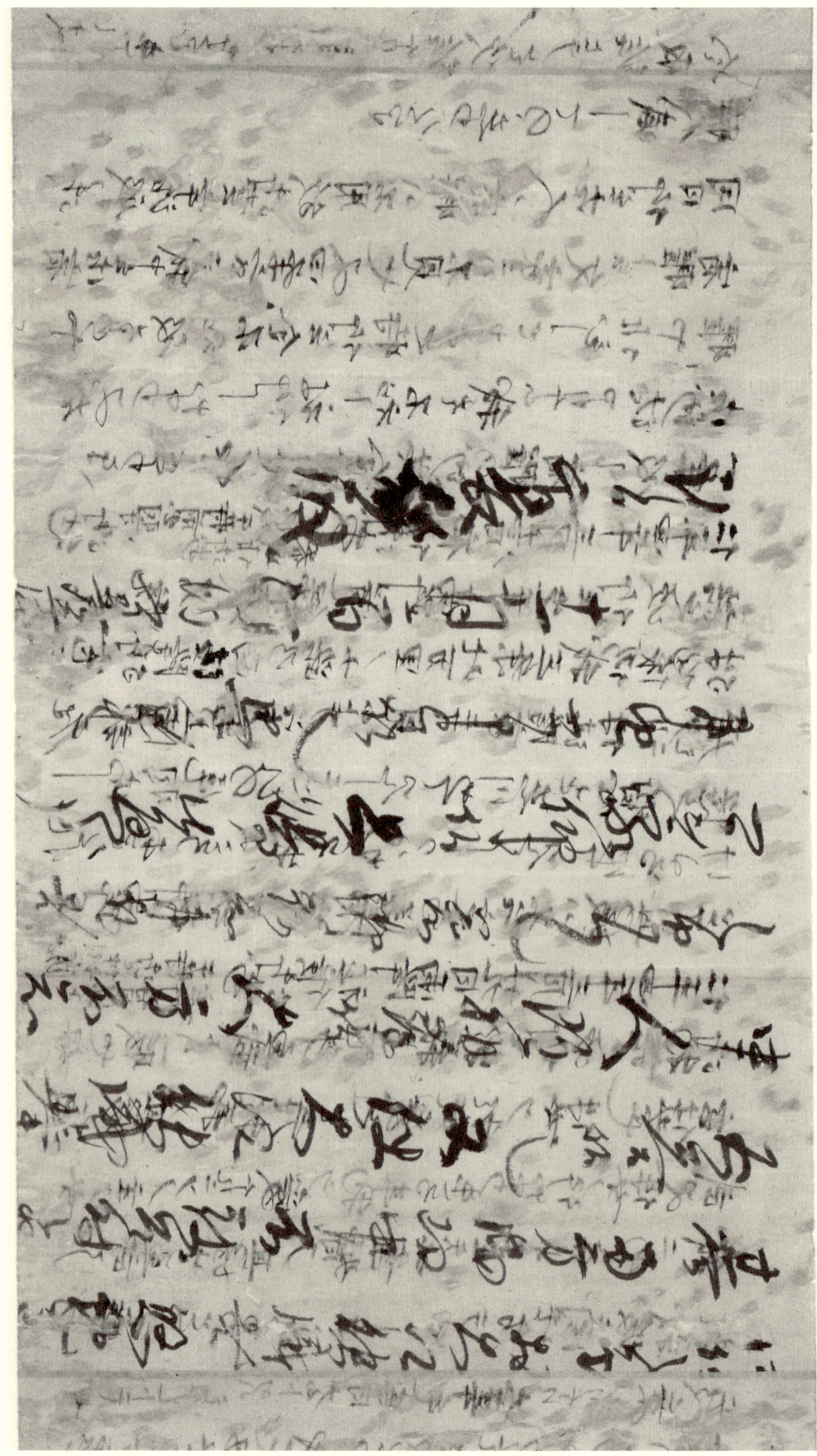

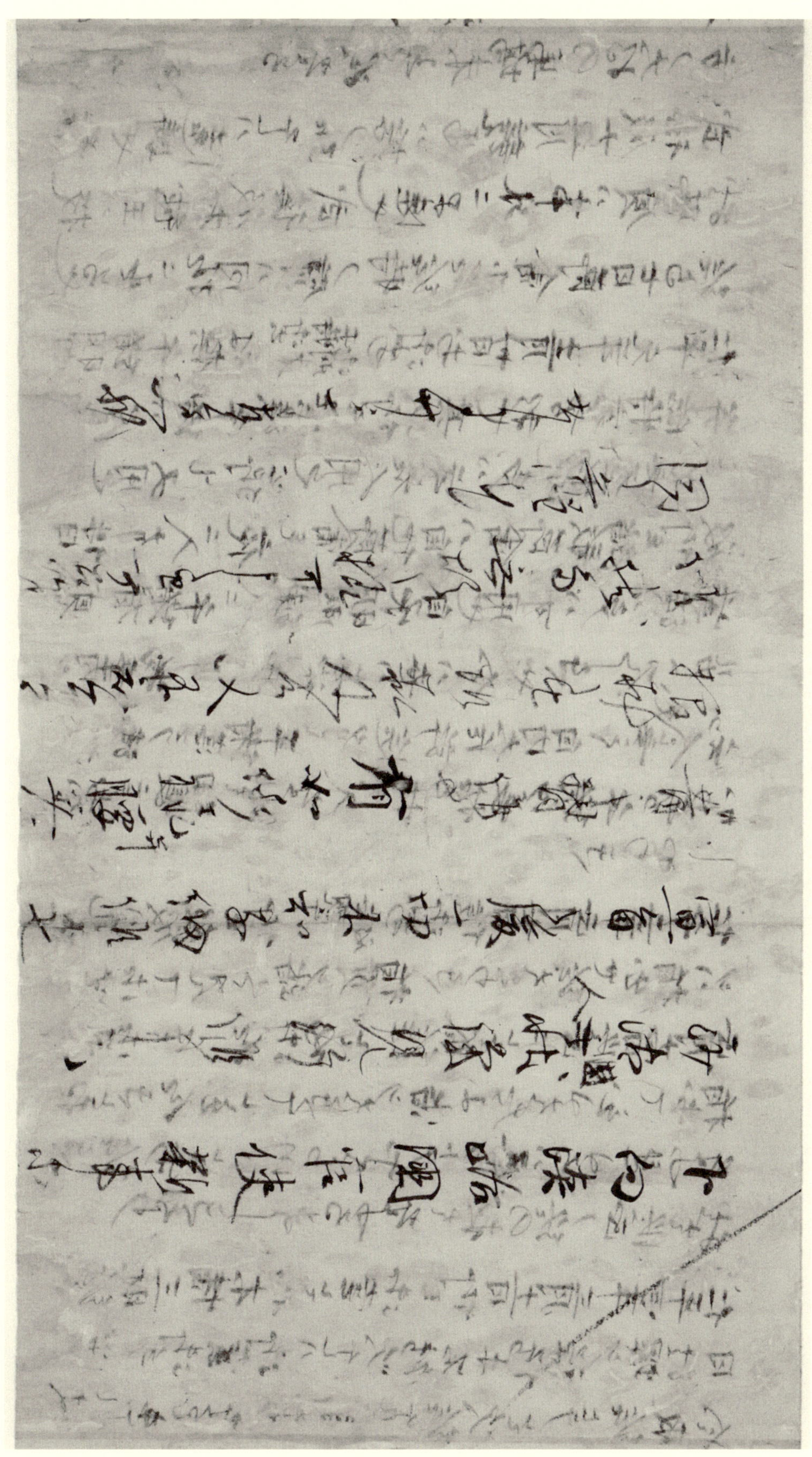

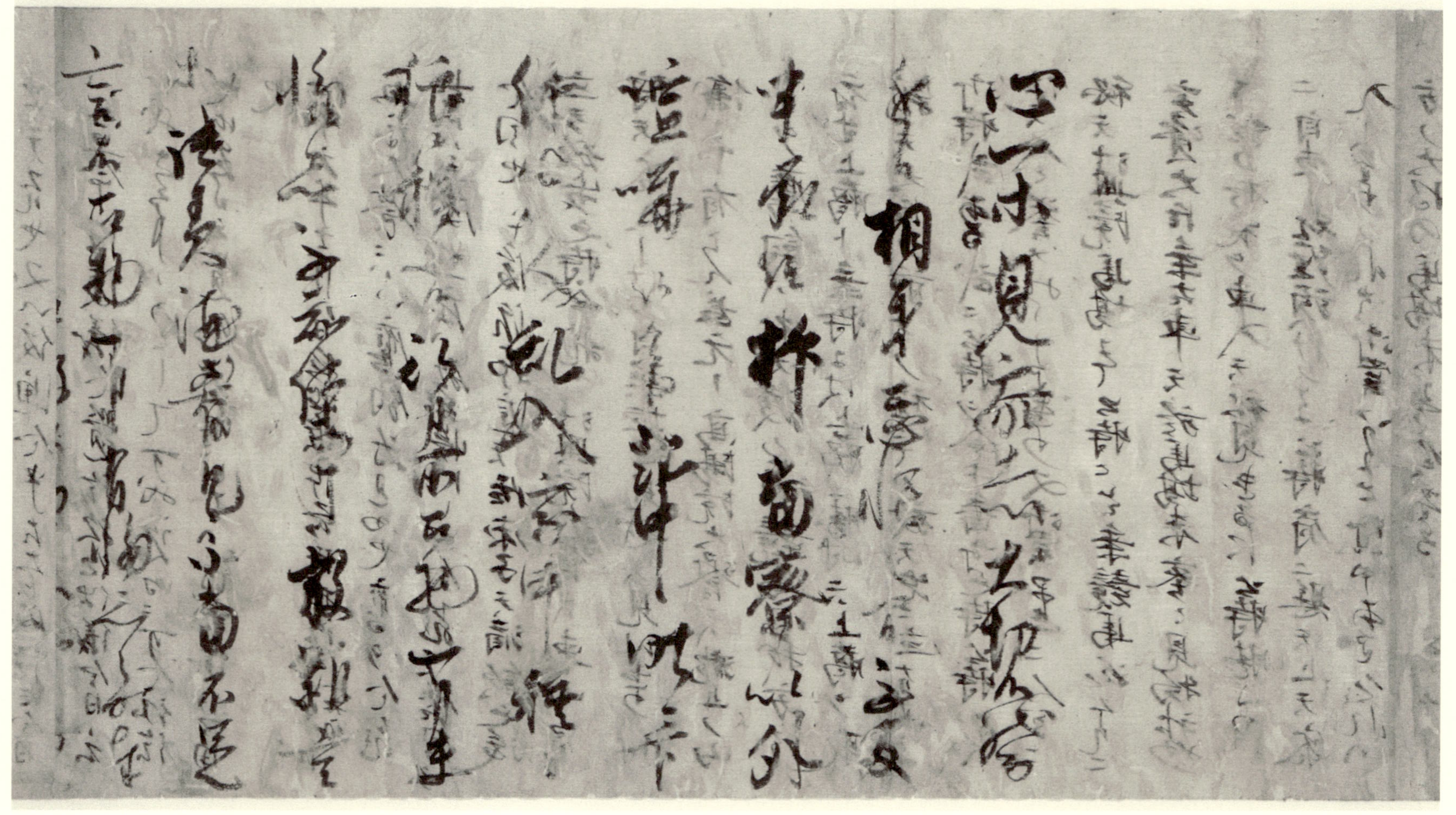

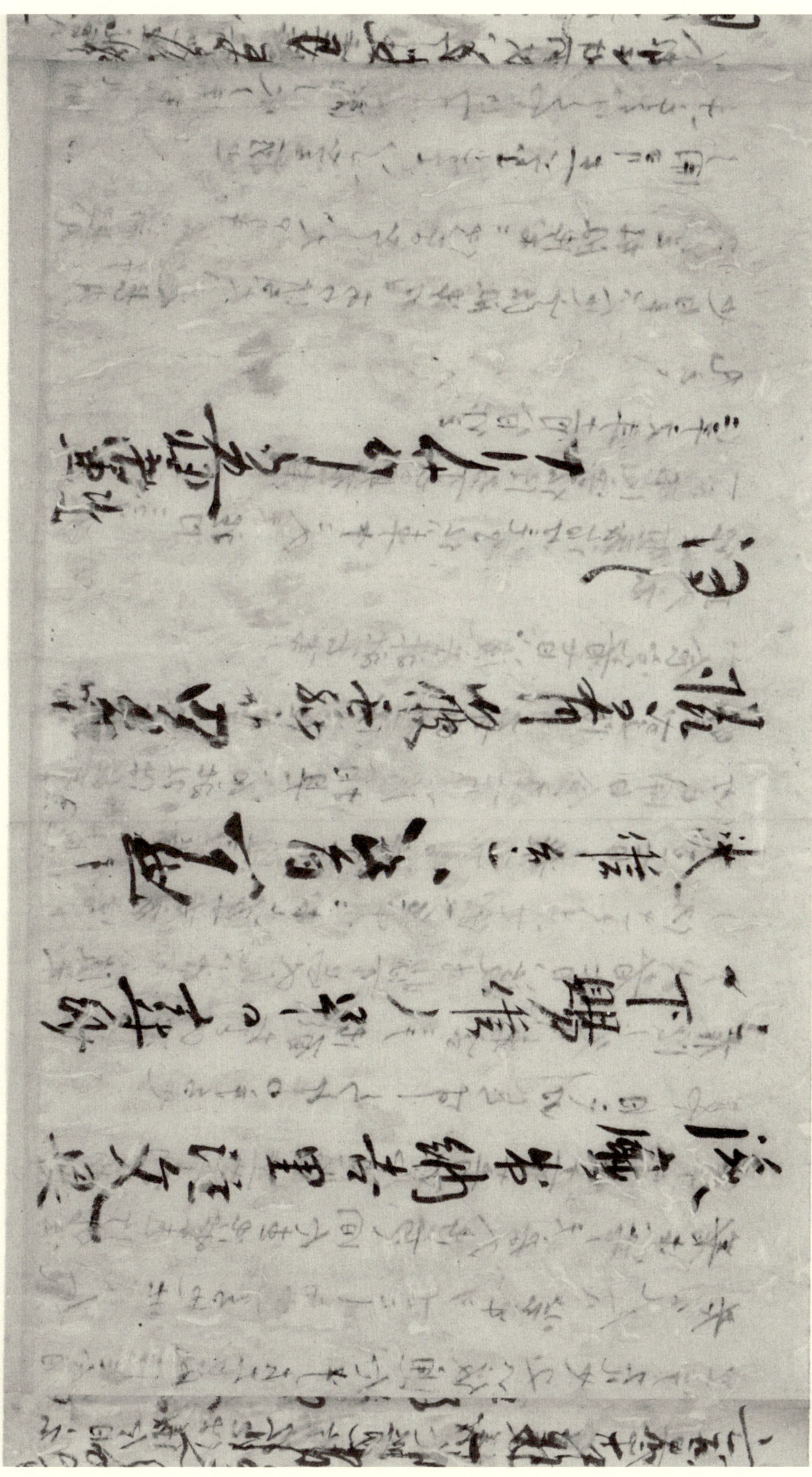

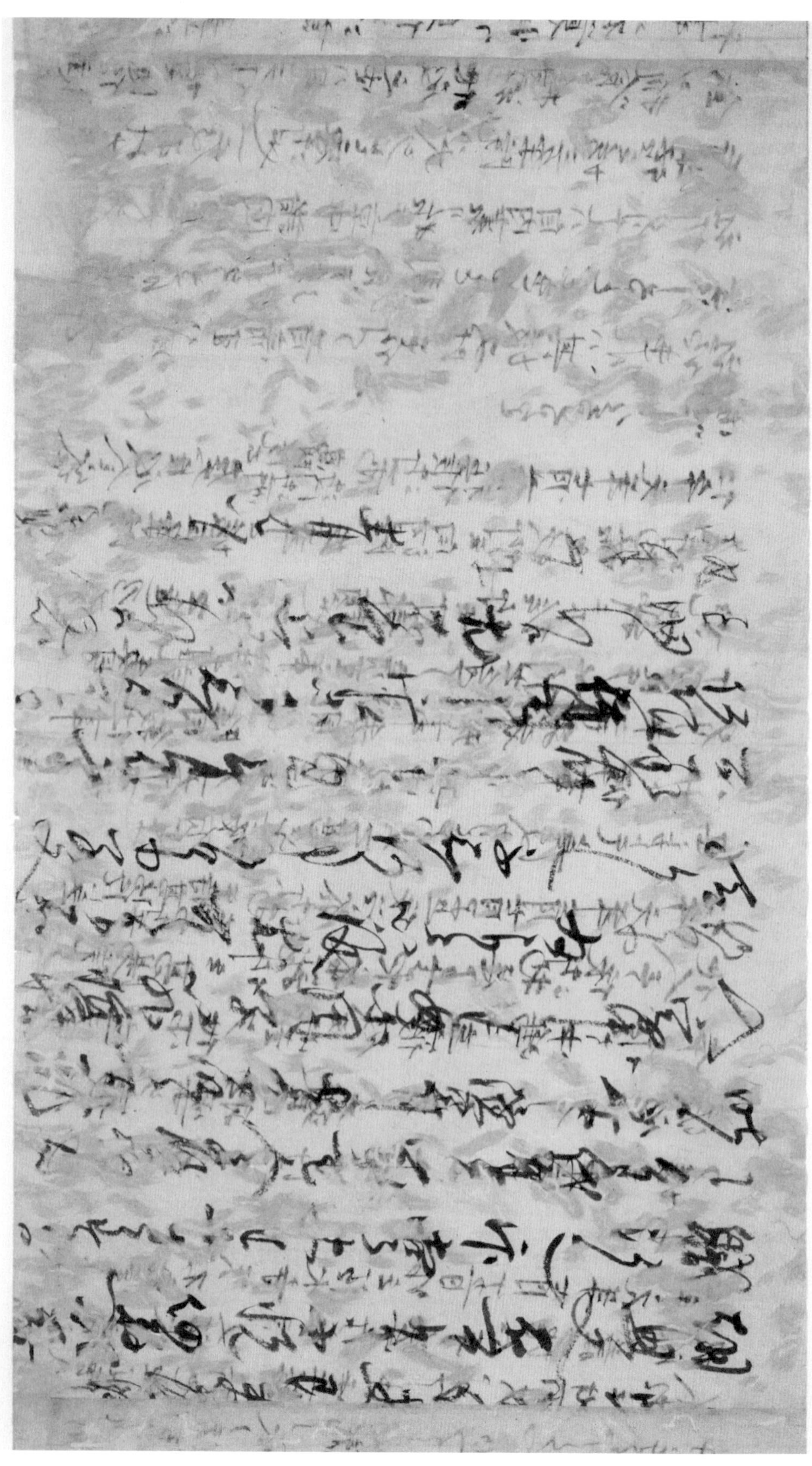

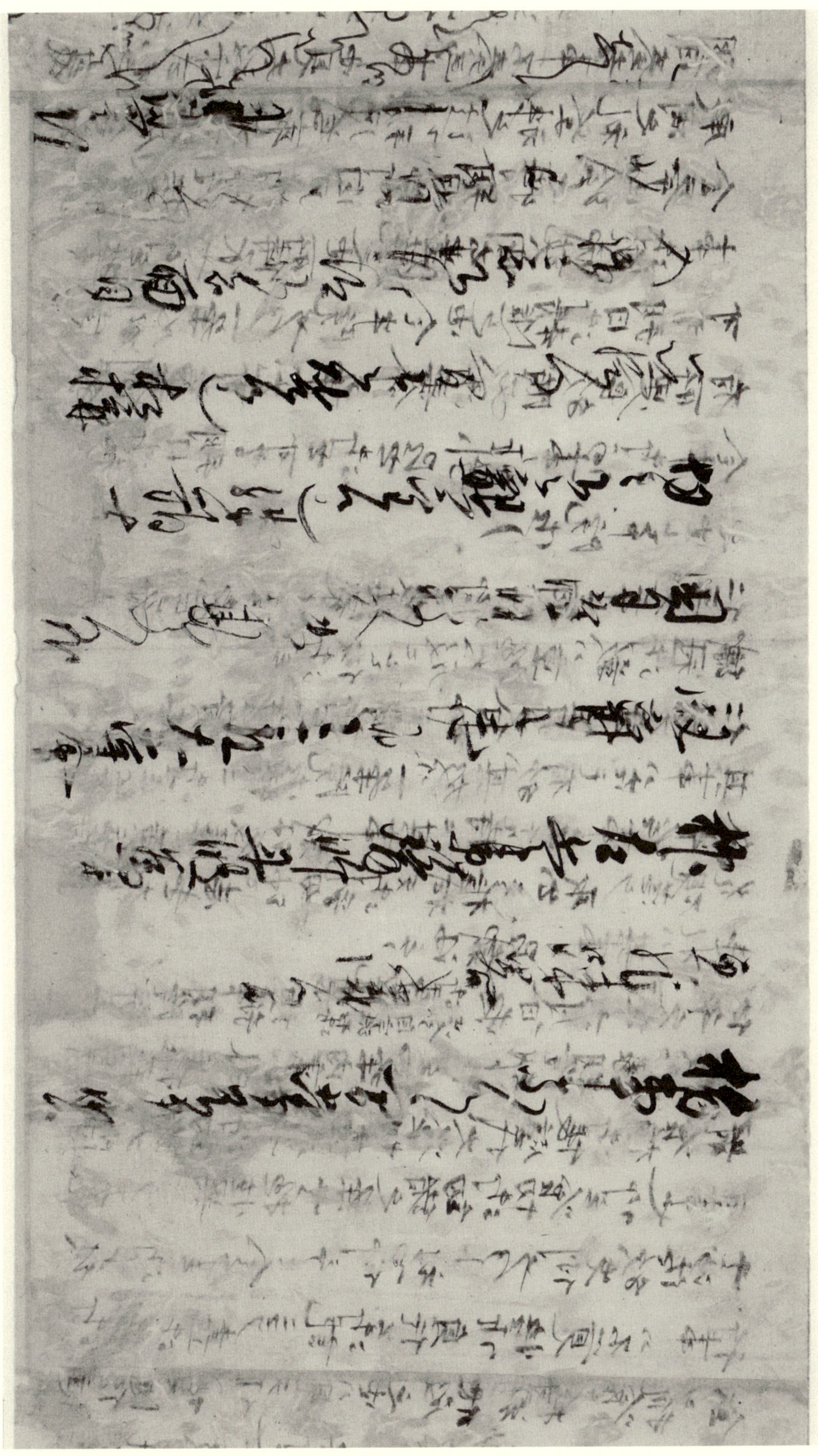

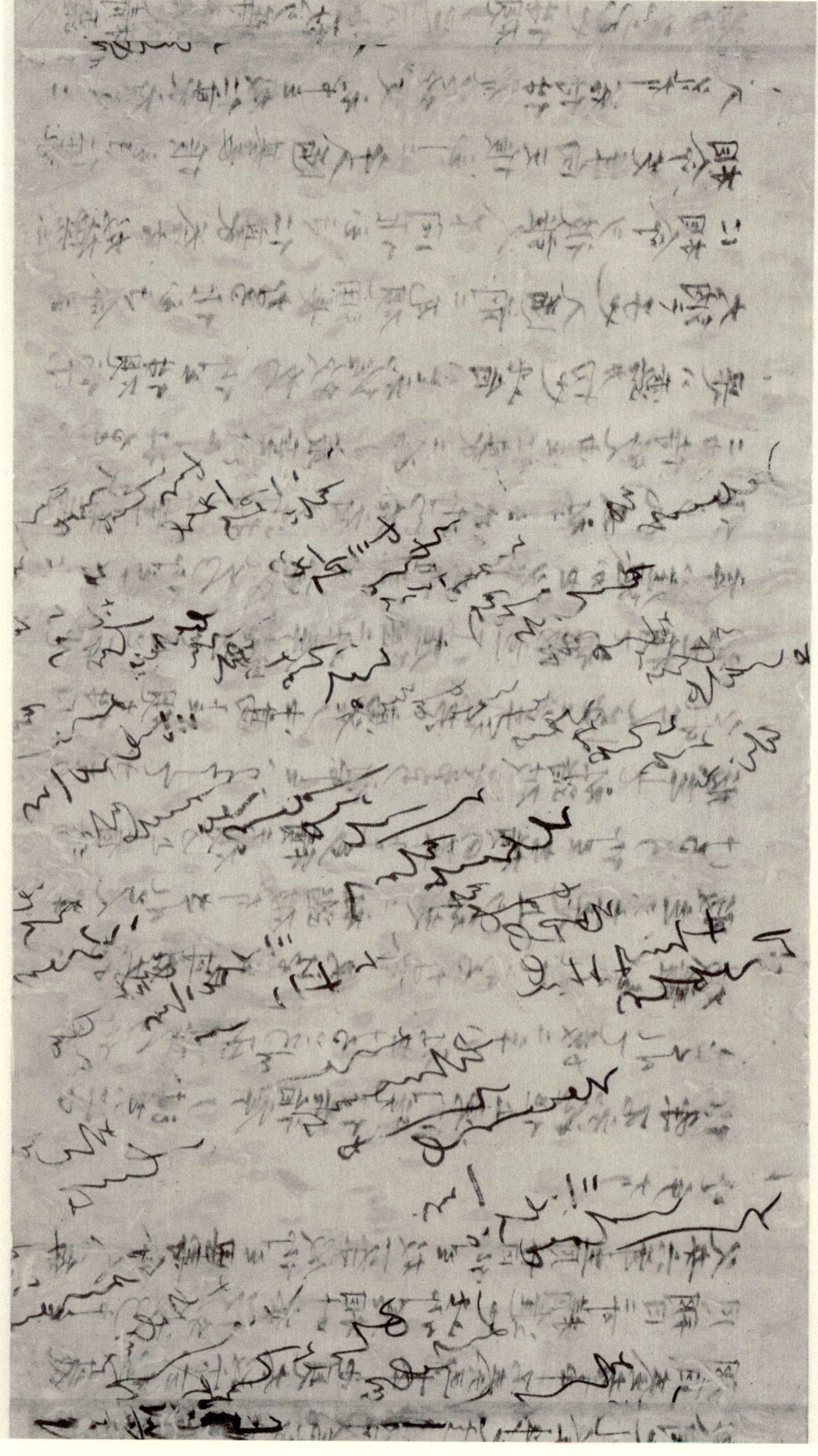

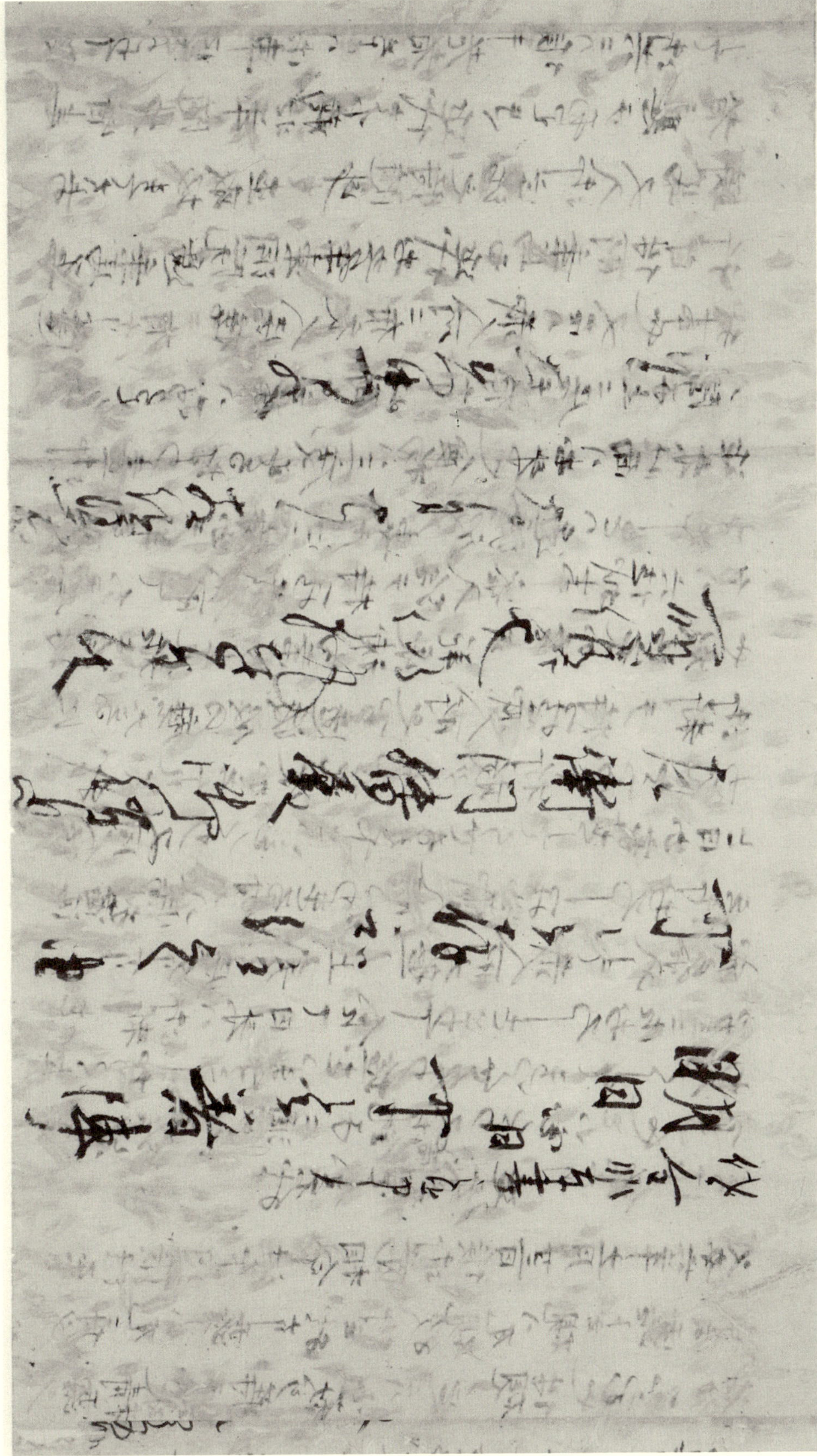

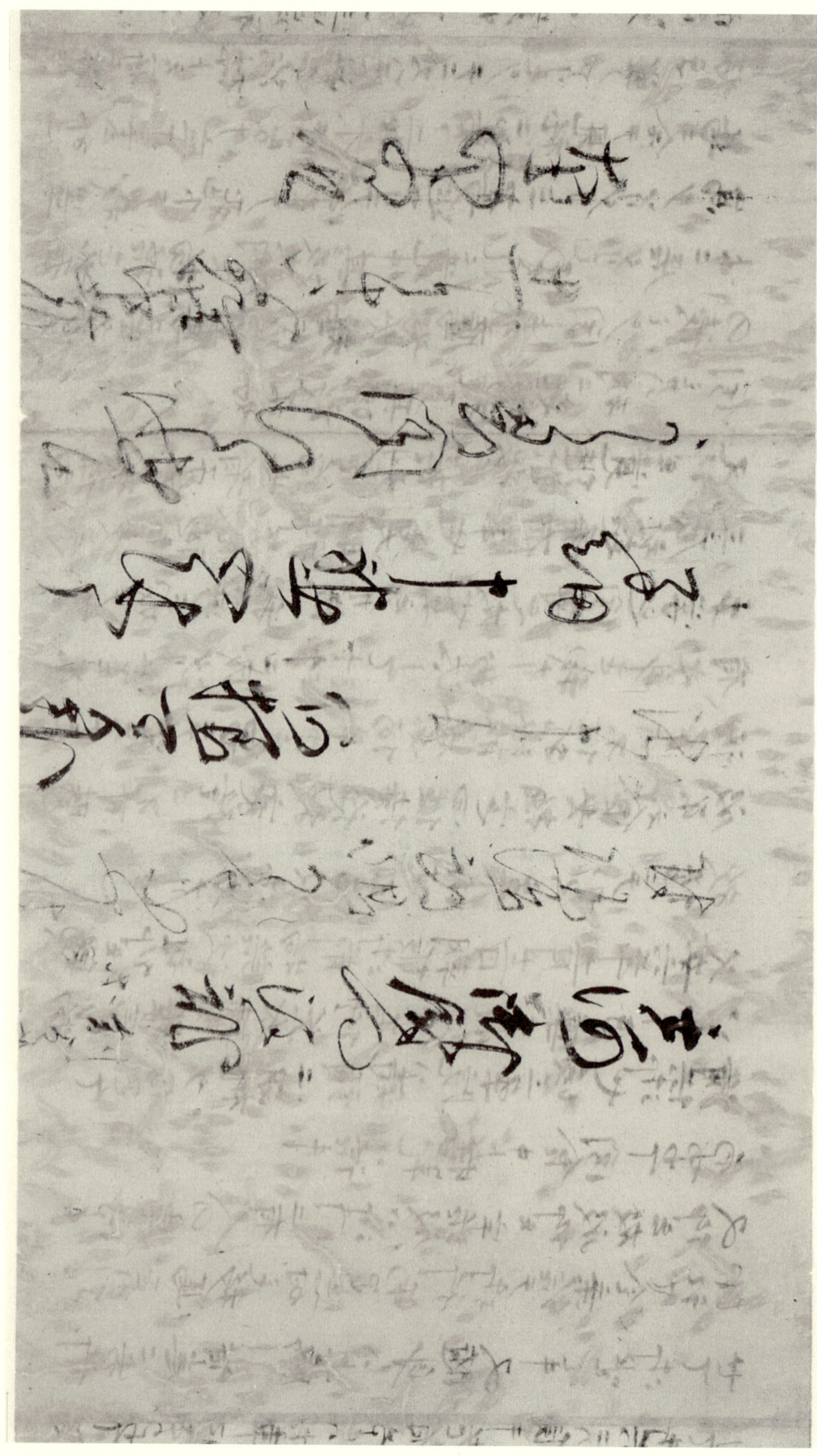

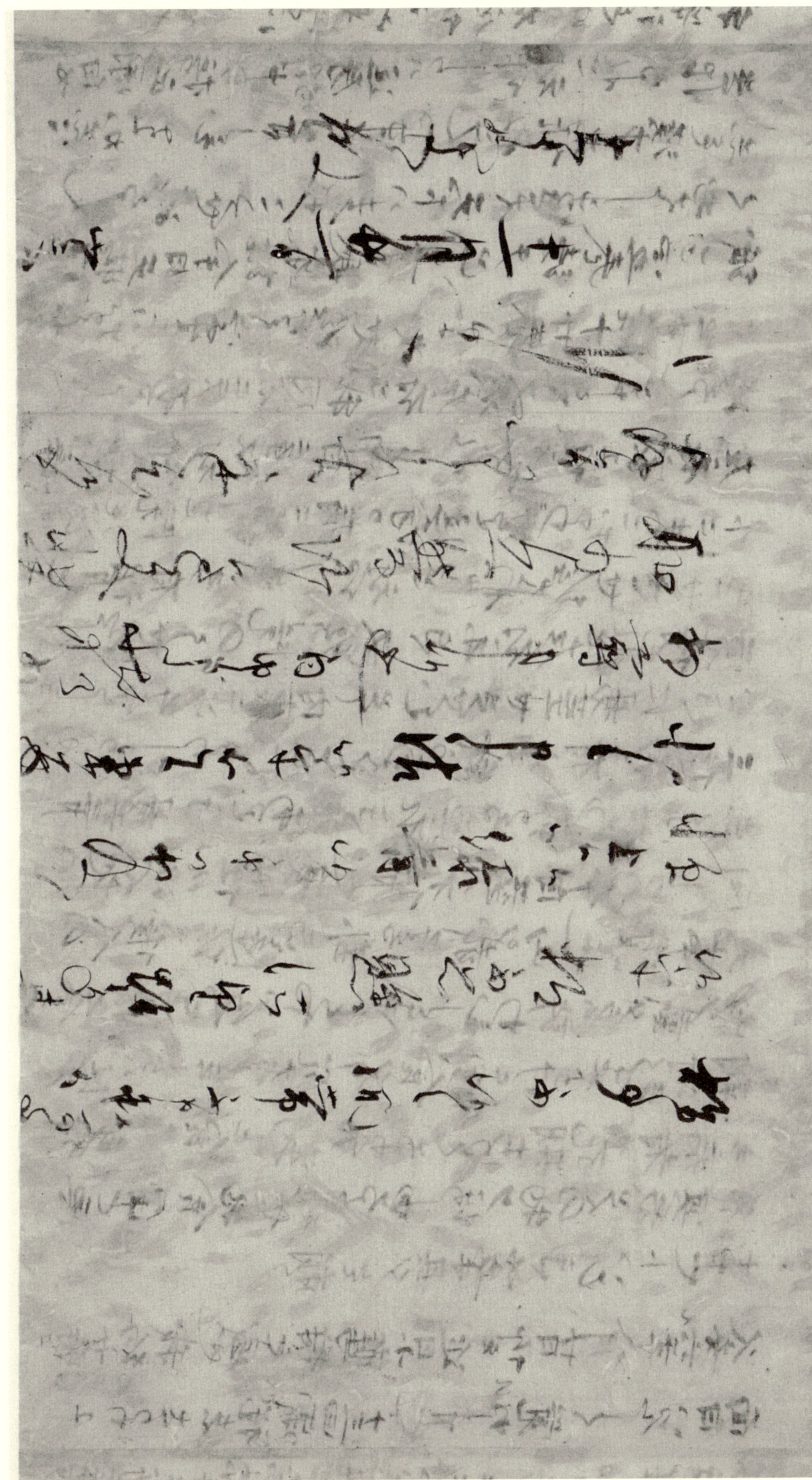

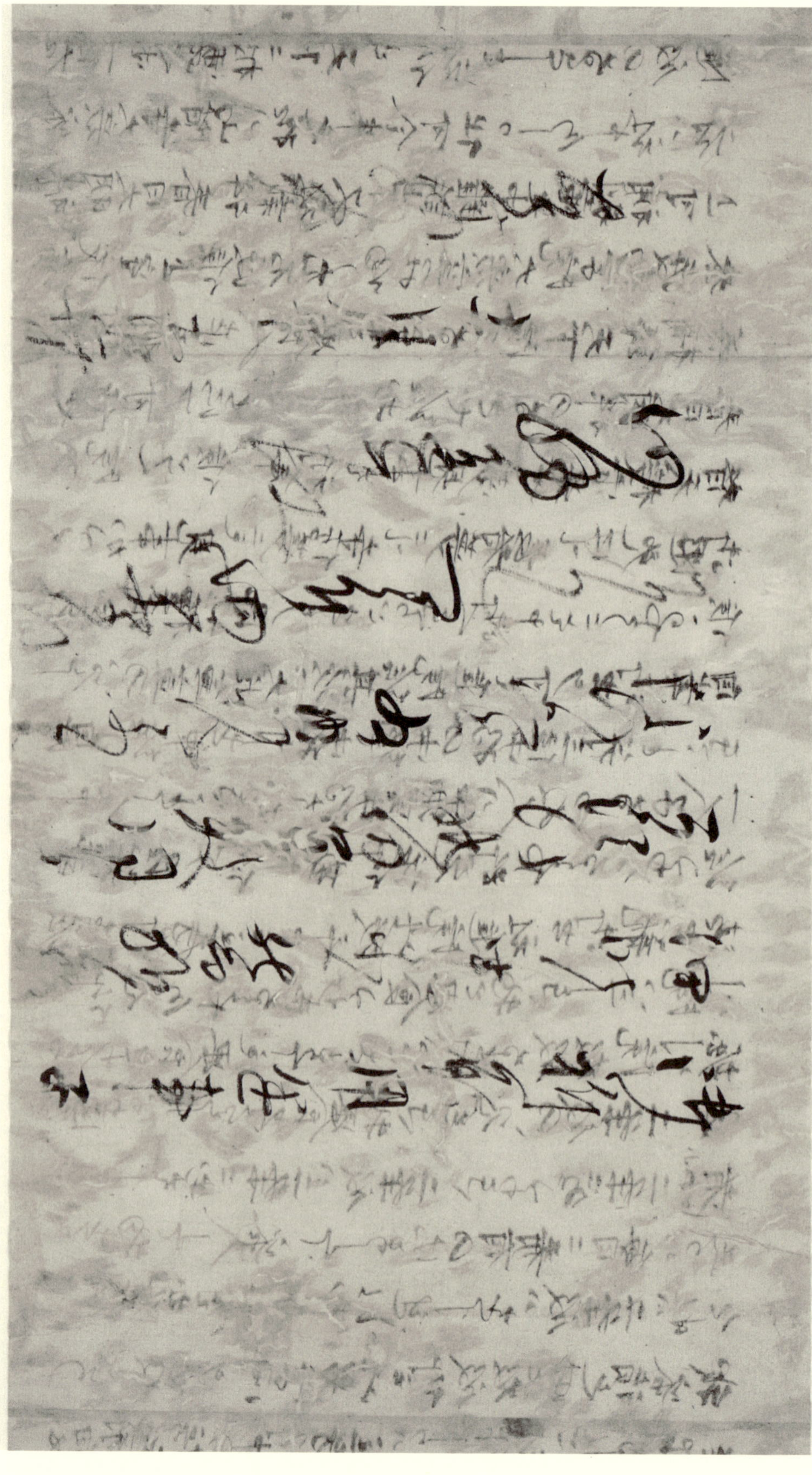

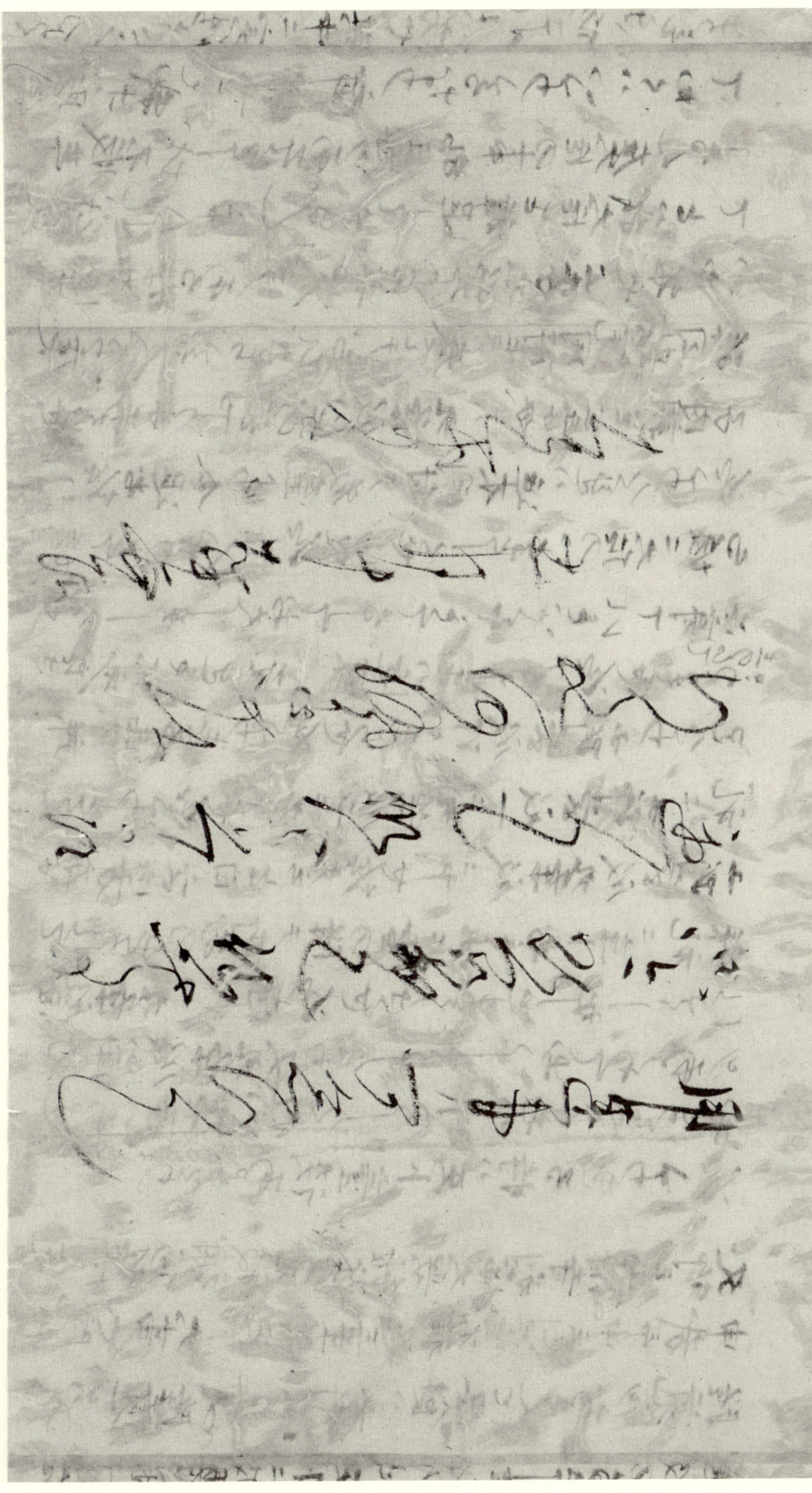

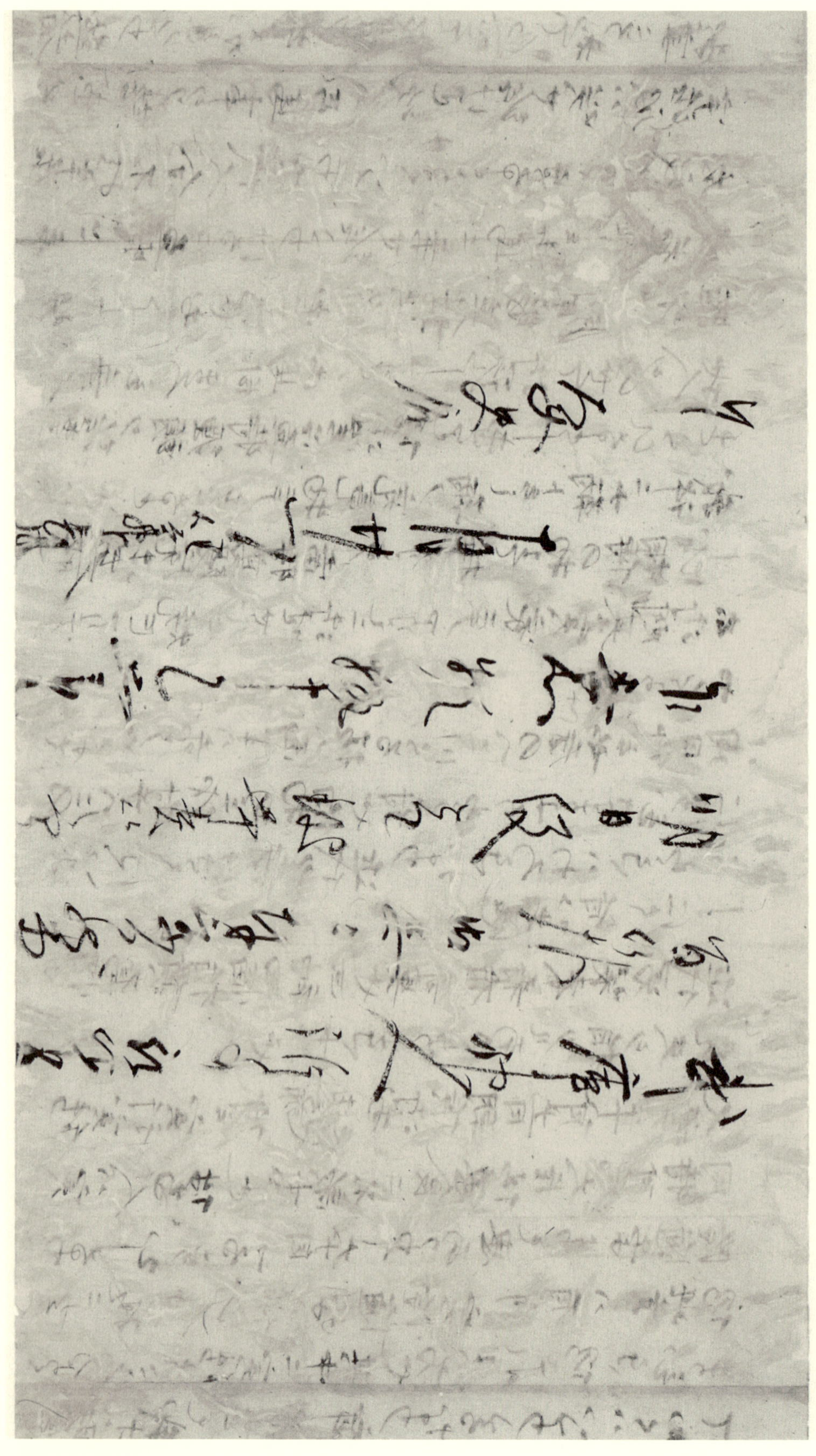

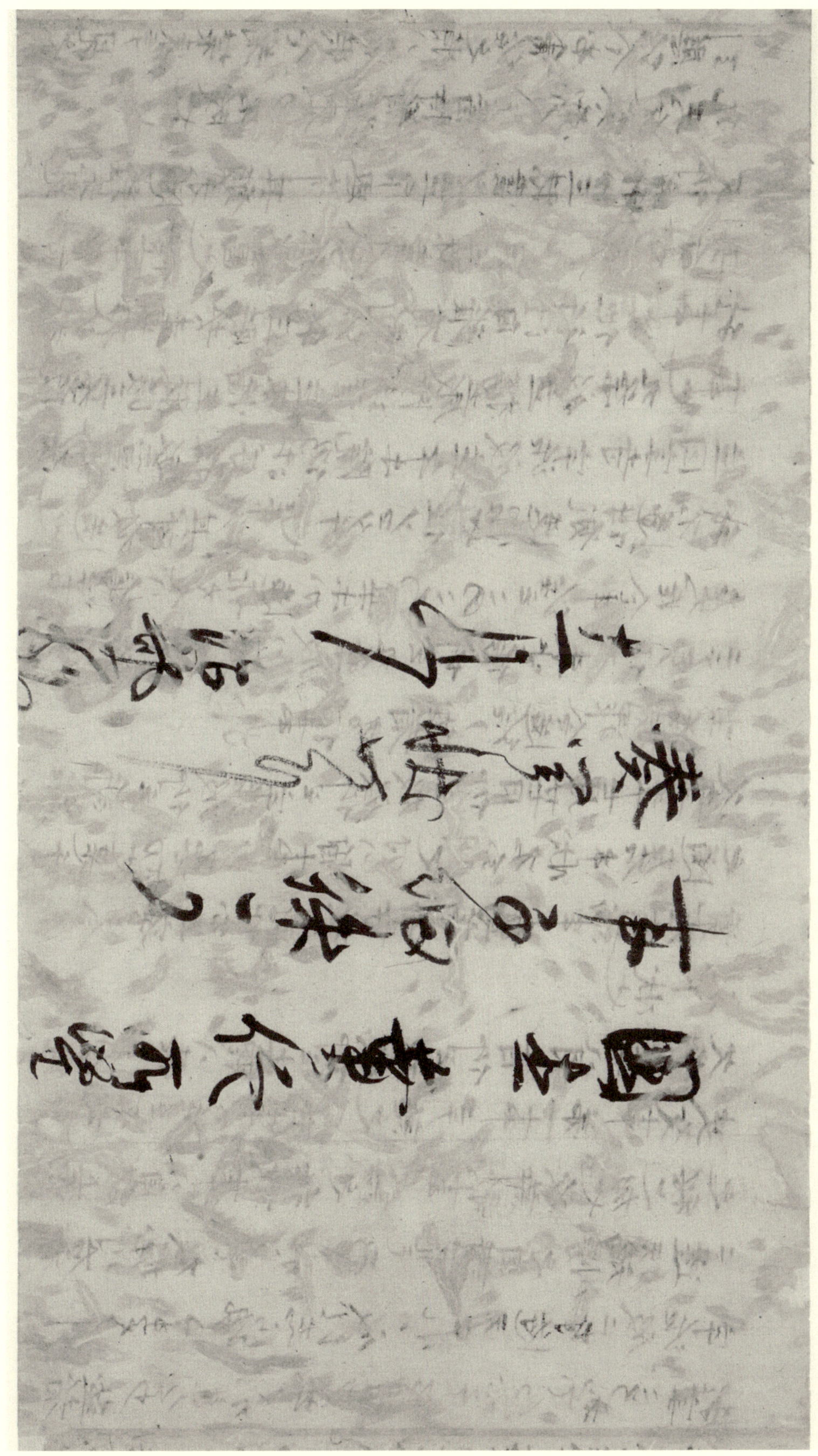

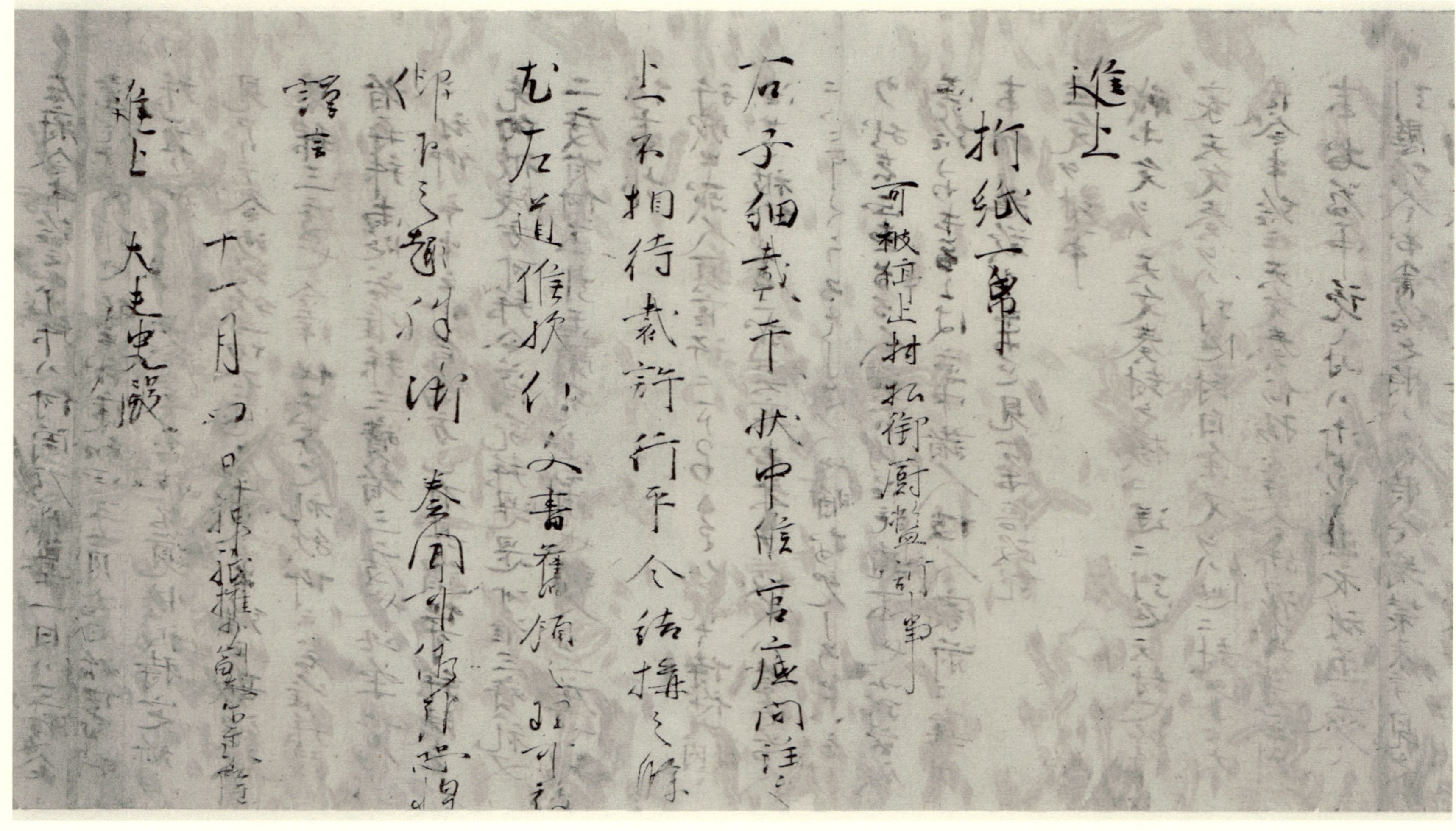

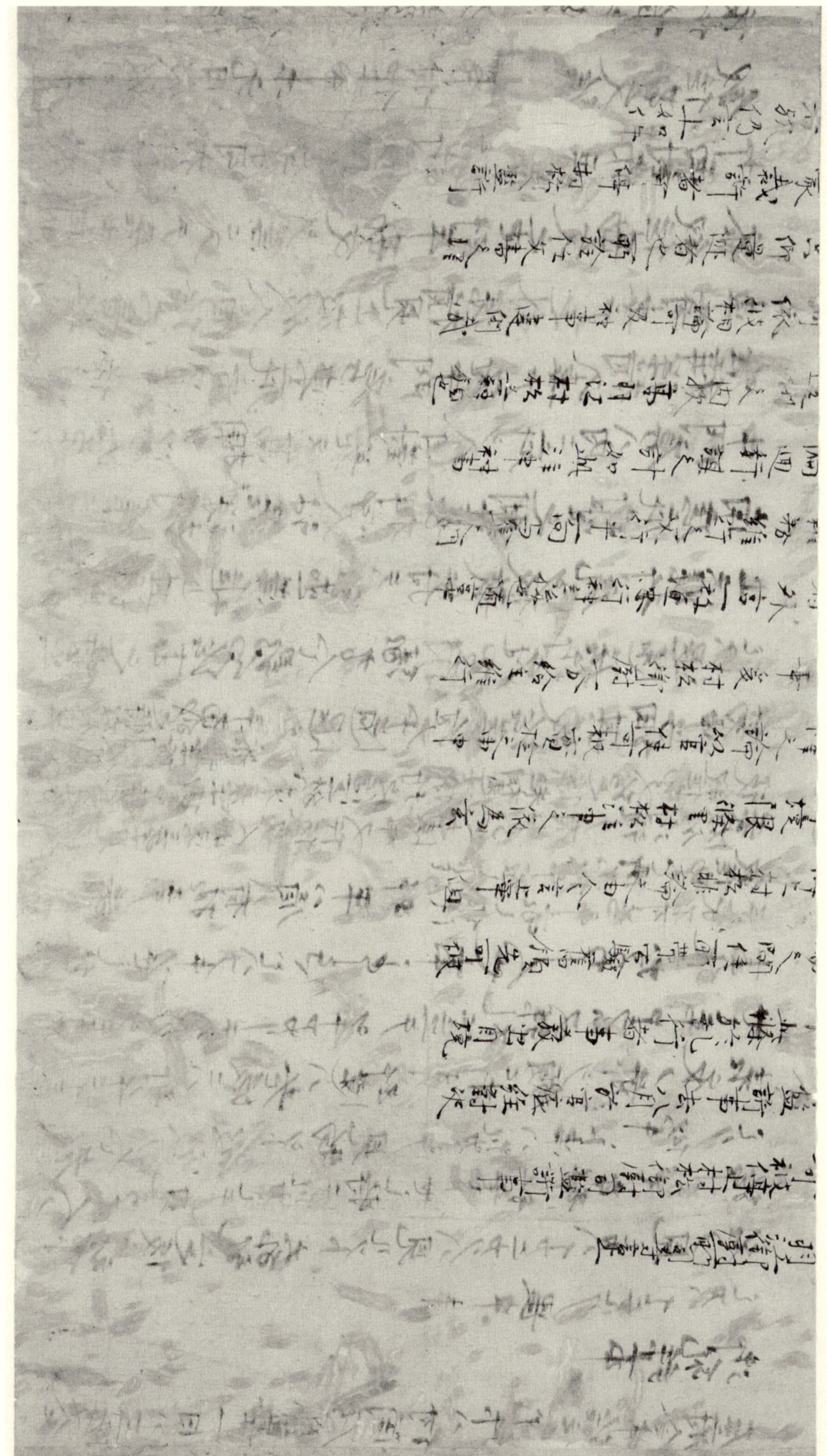

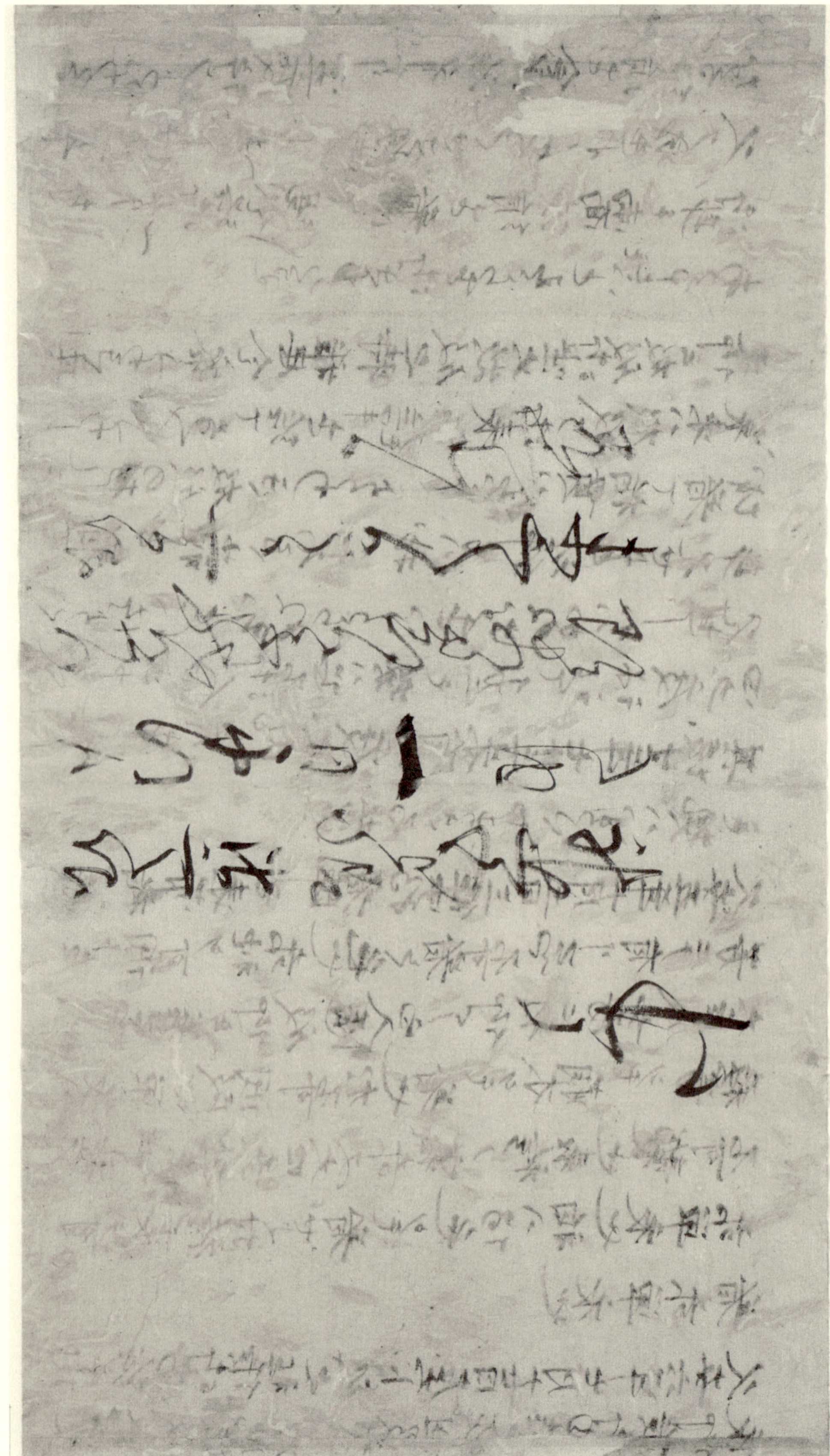

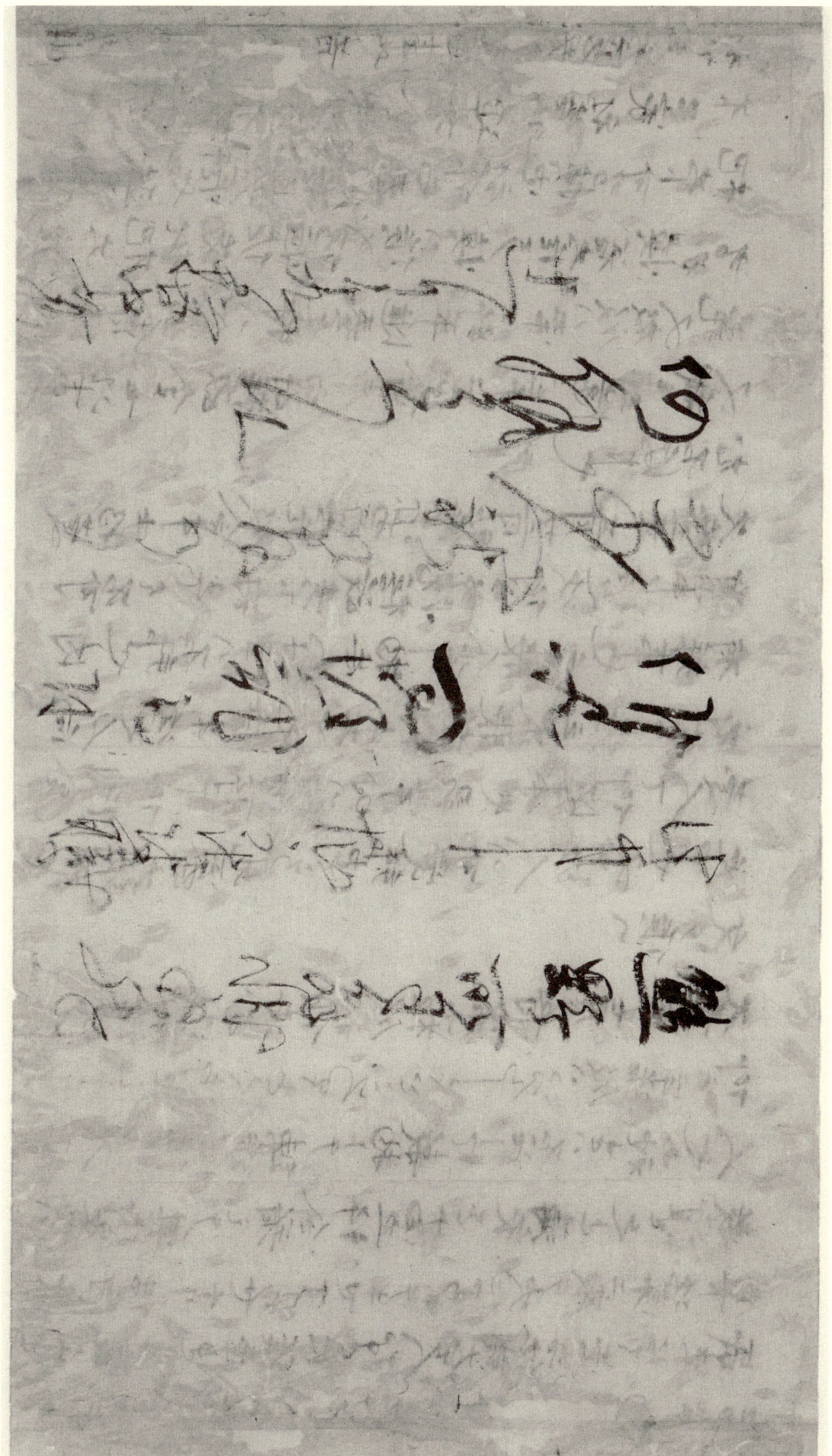

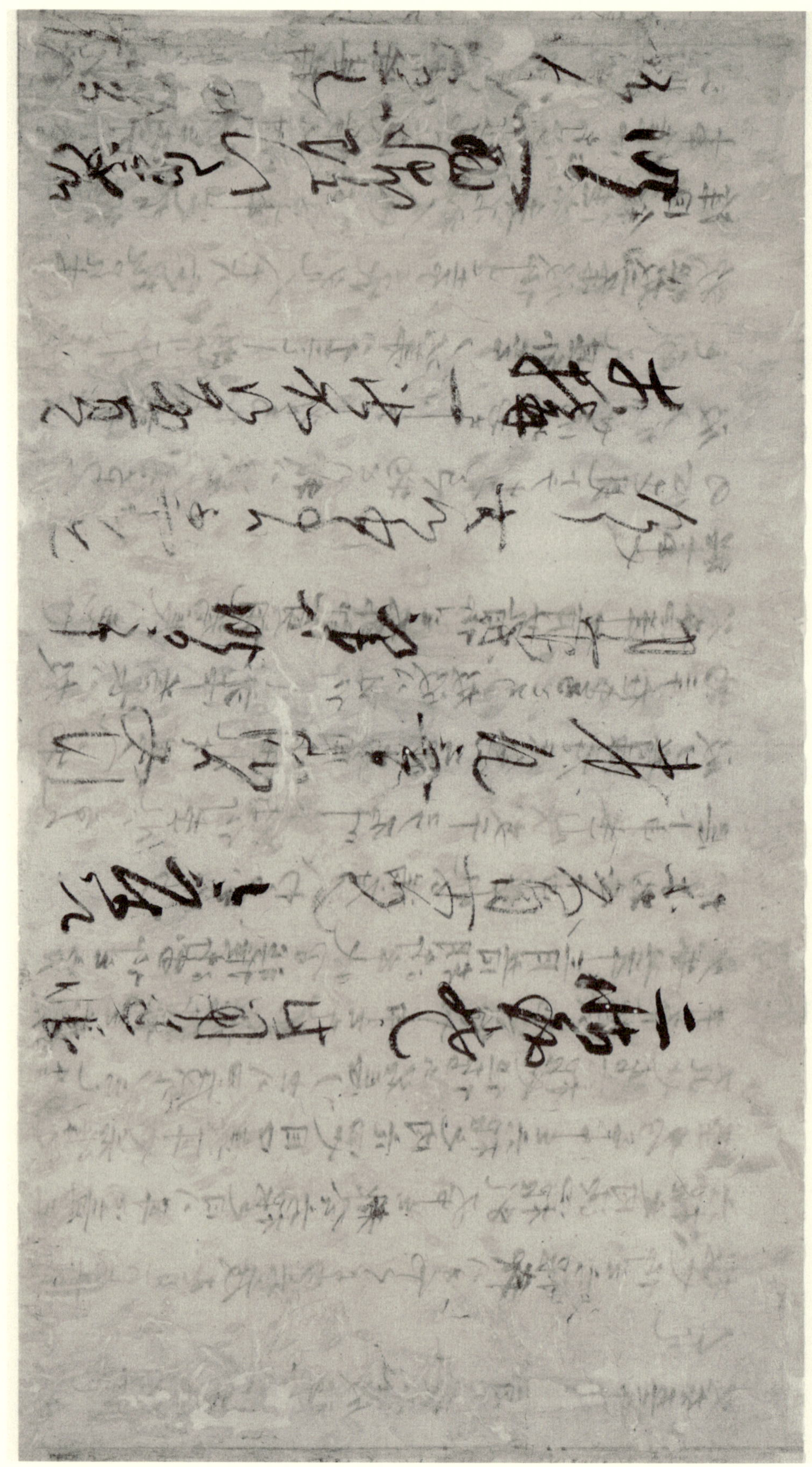

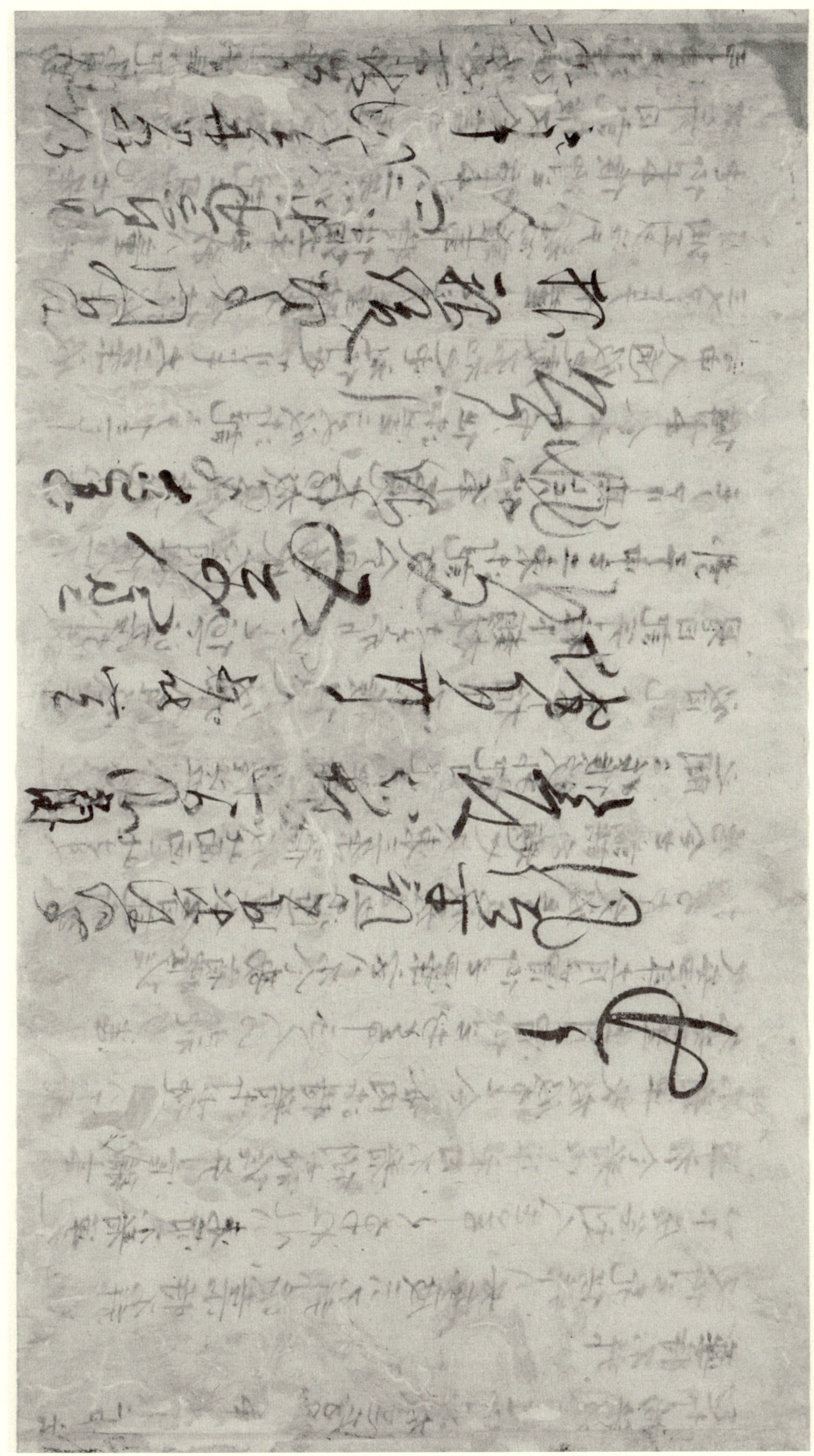

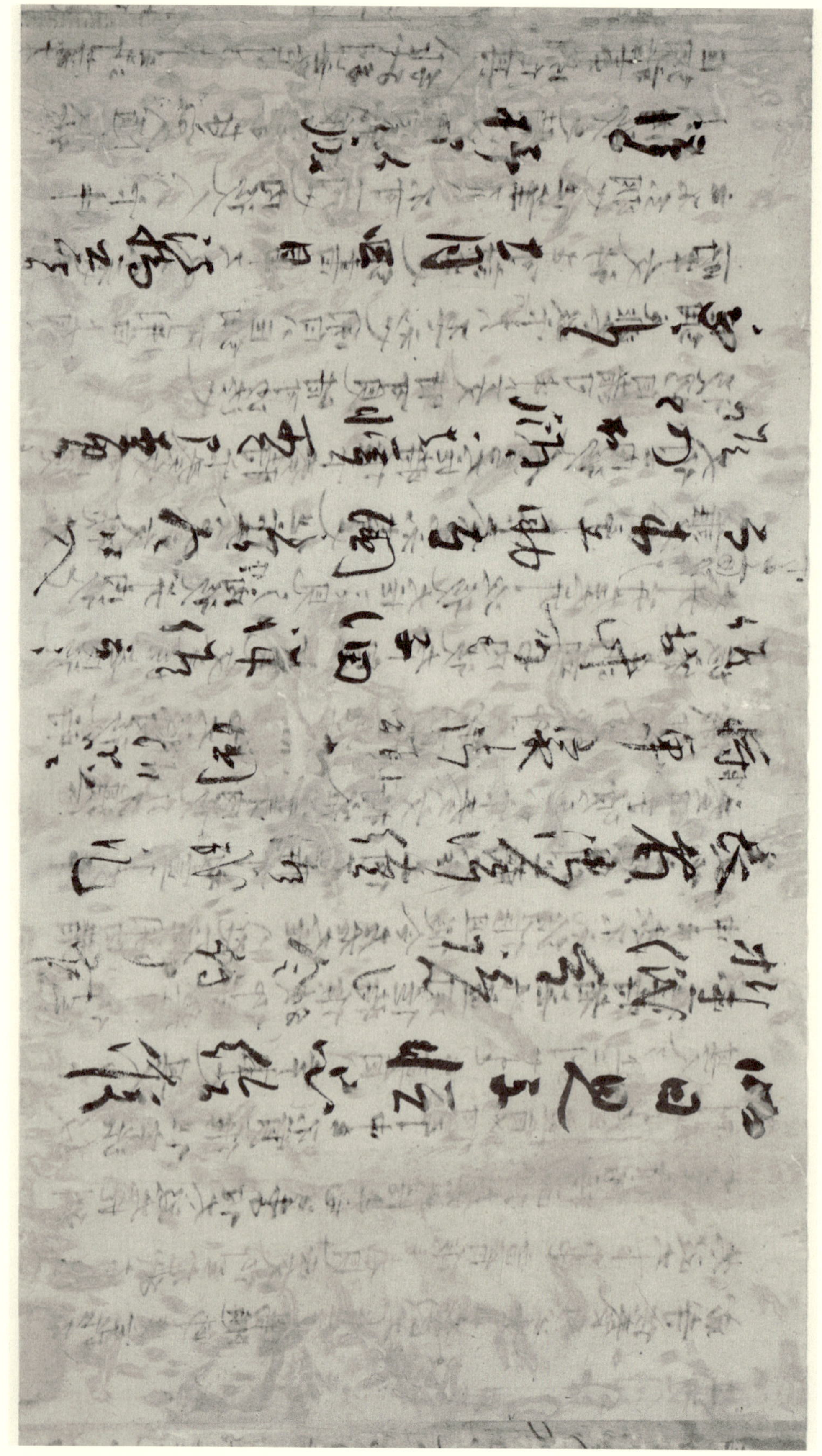

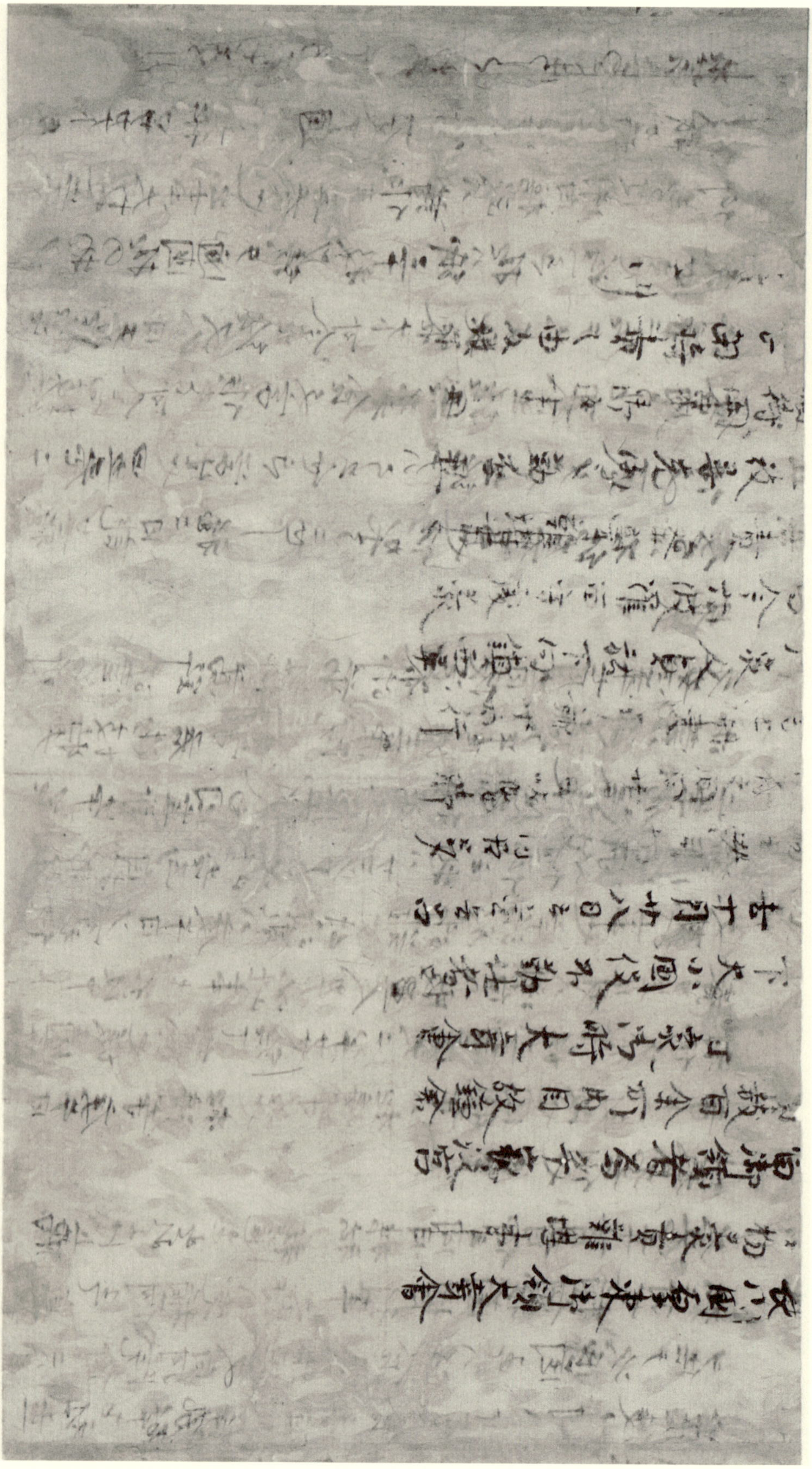

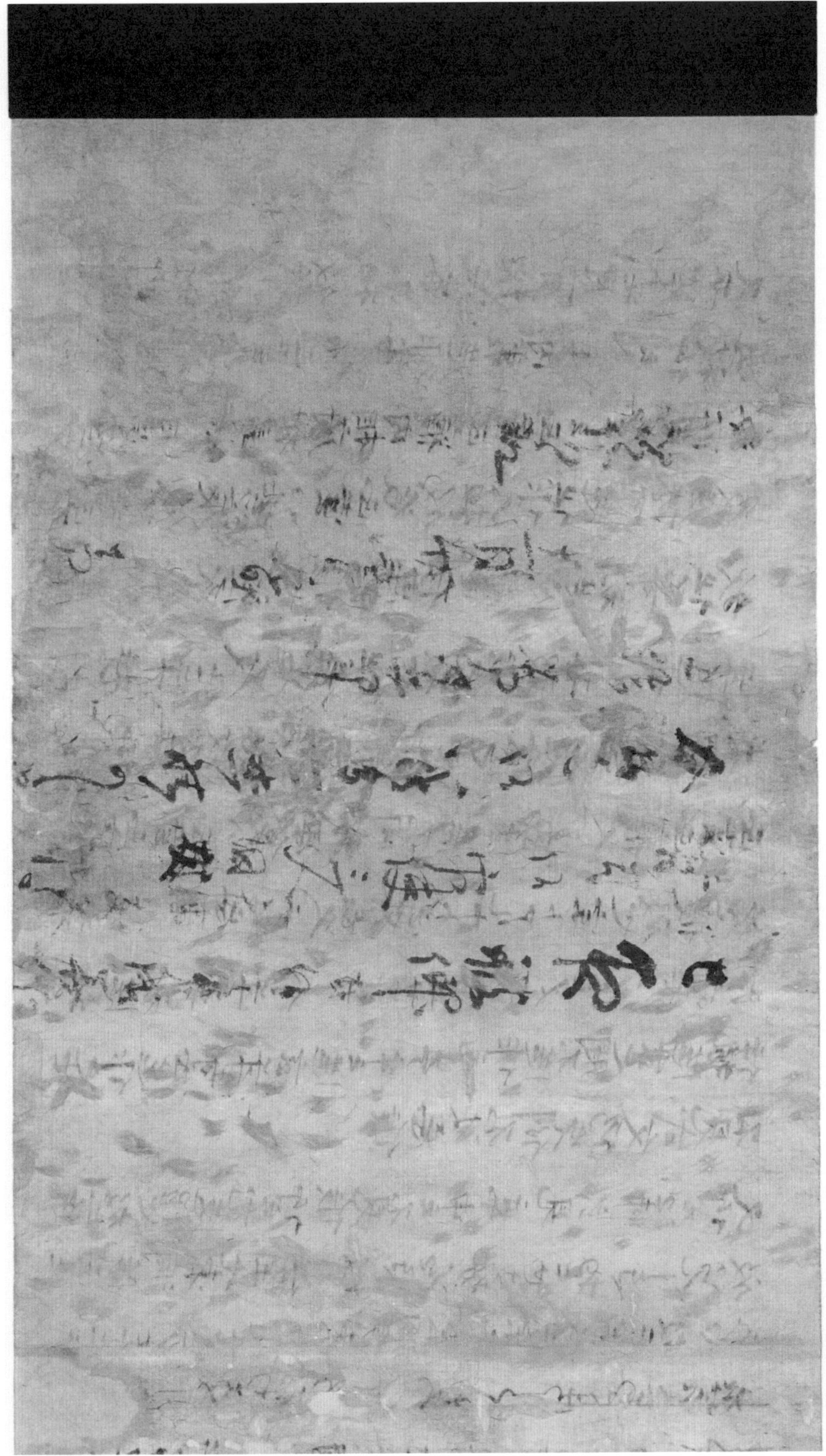

参考図版

収納桐箱の蓋

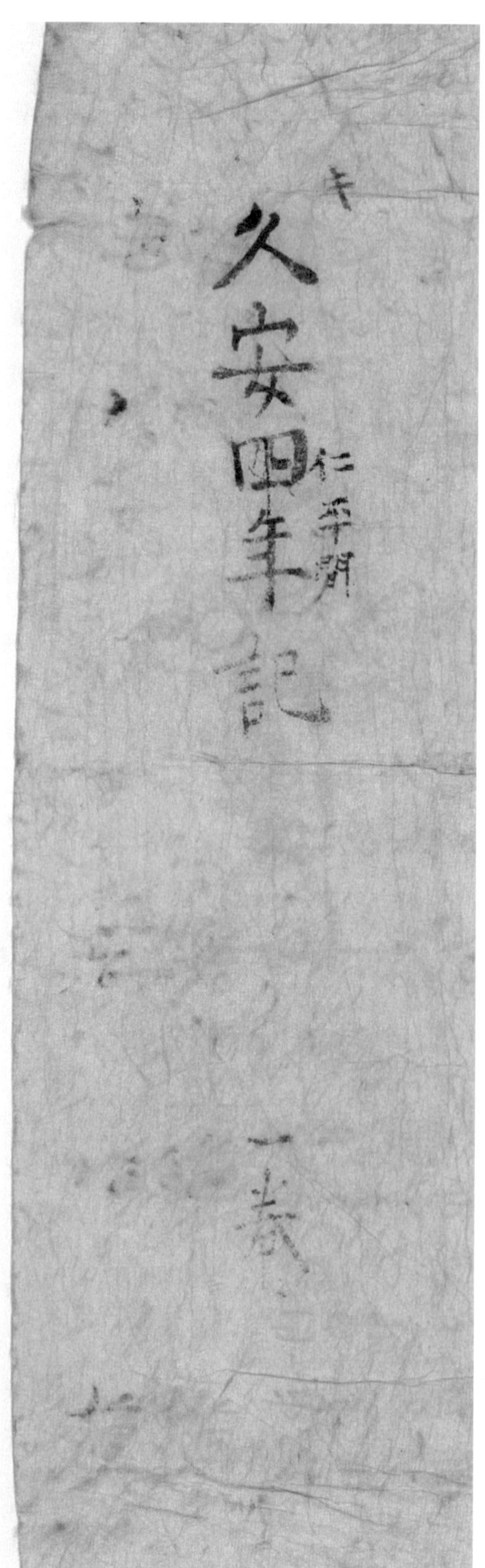

包紙の上書

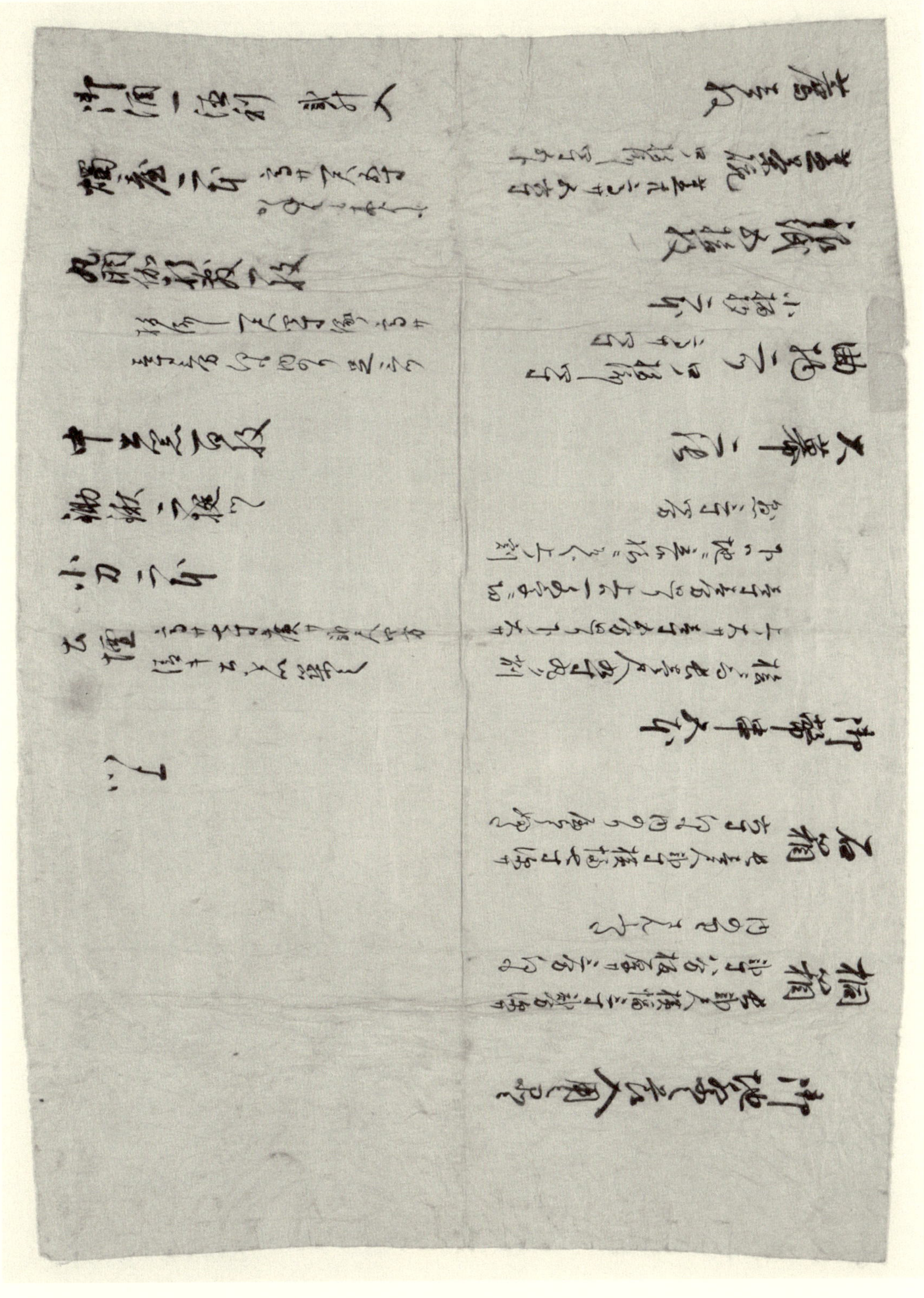

包紙の裏面

尊経閣文庫所蔵

『中外抄』解説

橋本義彦
菊池紳一

はじめに

『中外抄』は、平安時代後期、前関白藤原忠実（一〇七八年生、一一六二年薨）の六十歳から七十七歳にわたる晩年の言談を家司の大外記中原師元が聞書きした記録である。

書名は、執筆者の姓「中原」と官名「大外記」から一字ずつ採って合成されたものである。鎌倉時代後期、建治三年（一二七七）より永仁二年（一二九四）の間の編製とされる『本朝書籍目録』（吉川弘文館刊『国史大辞典』飯田瑞穂氏執筆項目）に、「中外抄　二巻」と掲記されているのがそれである。

しかしてその上巻については、巻末に「中外抄　上」の奥題をもつ宮内庁書陵部所蔵柳原家本『中外抄』一冊（後掲附録。なお、表紙に「上巻欠」「下」と記すも誤りなり）など数部の存在が知られているものの、下巻の存在は久しく不明とされてきた。しかるに近代（昭和初期か）に至って、前田育徳会（旧称育徳財団）尊経閣文庫に伝存する『久安四年記』一巻が、天下の孤本ともいうべき『中外抄』下巻であることが判明し、同財団より「尊経閣叢刊昭和九年（一九三四）度頒行の一」として複製刊行された（以下『叢刊本』と略称）。

此のたび『尊経閣善本影印集成』第六輯「古代説話」の一冊として、『中外抄』下巻を刊行するに当り、いささか解説を試みるものである。なお、以下の記述においては、『新日本古典文学大系』32所収の山根對助・池上洵一両氏校注『中外抄』および日本歴史学会編集『人物叢書』所収の元木泰雄氏著『藤原忠実』を参照させていただいたので、あらかじめ謝意を表する次第である。

一、包紙および箱

本書一巻は、「御地祭之節入用之品々」と首題して、「桐箱」以下の品目を書きあげた折紙（縦三五・五糎、横五〇・八糎）をひるがえして包紙に転用し、その左端に

久安四年記（仁平間）　一巻

と題する（参考図版参照）。『叢刊本』附属の解説書『中外抄下巻解説』には、この折紙（包紙）を「松雲公綱紀五代の時代のもの」と推定している。なお、この包紙に「久安四年記　一巻」とするのは、本文冒頭の「久安四年（一一四八）七月一日」云々によって仮に書名に擬したもので、名称不明の古書・記録の類に仮に名付ける手法の一つである。

また本巻は、縦三三・七糎、横八・七糎、高さ八・二糎の桐箱に納められ、その蓋の上面に、

中外抄下　一巻
建暦二年鈔本

と墨書する（参考図版参照）。この箱は、おそらく本巻が『中外抄』の下巻であることが判明した後の造作で、「建暦二年（一二一二）鈔本」とあるのは、本巻々末識語の年記に拠ったものであろう。

『中外抄』下巻　法量一覧

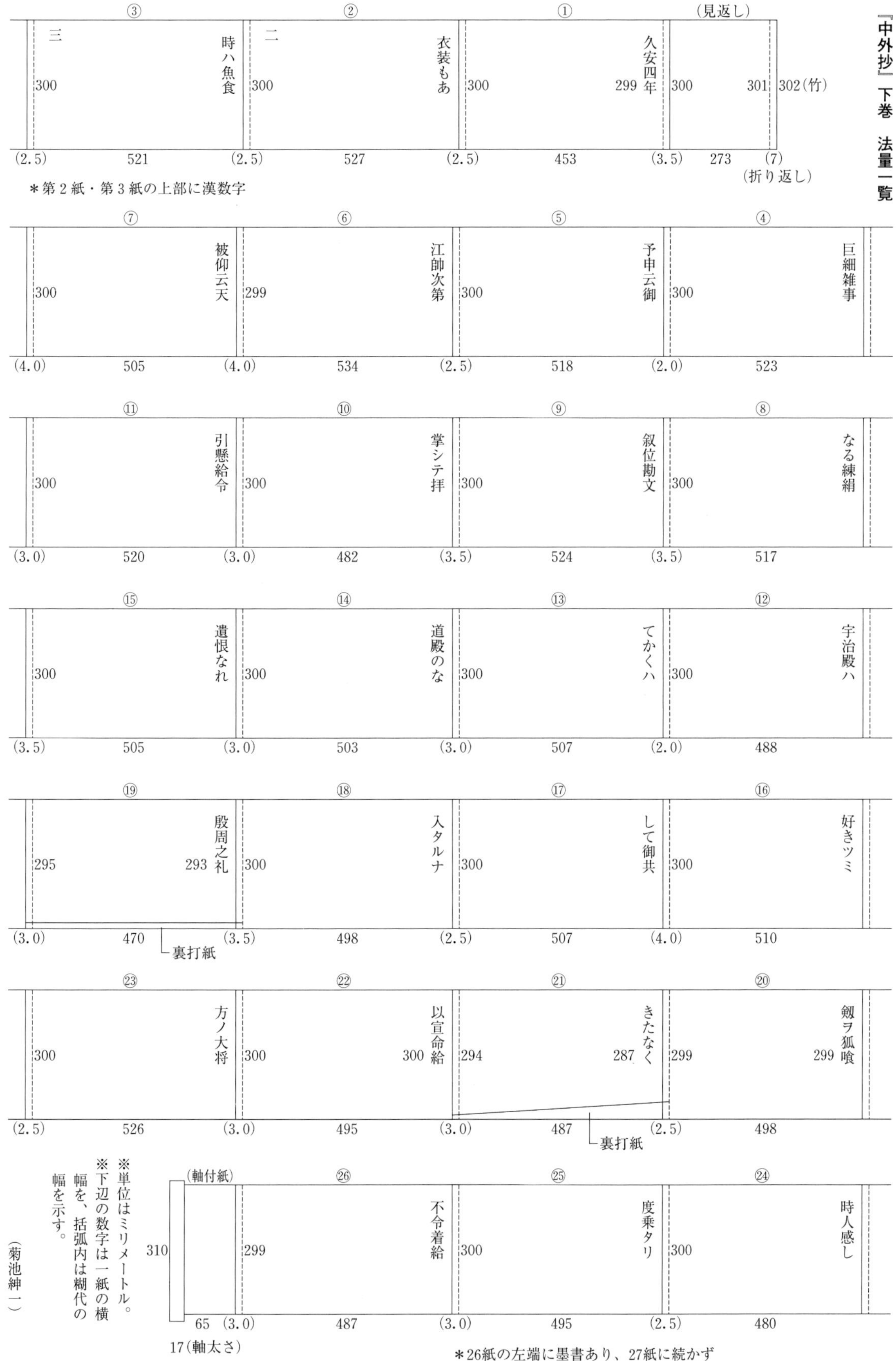

（見返し）
久安四年
衣装もあ
時ハ魚食
二
三
300
299
301
302（竹）
(2.5) 521 (2.5) 527 (2.5) 453 (3.5) 273 (7)
（折り返し）
＊第２紙・第３紙の上部に漢数字
巨細雑事
予申云御
江帥次第
被仰云天
(4.0) 505 (4.0) 534 (2.5) 518 (2.0) 523
なる練絹
叙位勘文
掌シテ拝
引懸給令
(3.0) 520 (3.0) 482 (3.5) 524 (3.5) 517
宇治殿ハ
てかくハ
道殿のな
遺恨なれ
(3.5) 505 (3.0) 503 (3.0) 507 (2.0) 488
好きツミ
して御共
入タルナ
殷周之礼
295
293
(3.0) 470 (3.5) 498 (2.5) 507 (4.0) 510
裏打紙
剱ヲ狐喰
きたなく
以宣命給
方ノ大将
294
287
(2.5) 526 (3.0) 495 (3.0) 487 (2.5) 498
裏打紙
時人感し
度乗タリ
不令着給
（軸付紙）
310
65 (3.0) 487 (3.0) 495 (2.5) 480
17（軸太さ）
＊26紙の左端に墨書あり、27紙に続かず
※単位はミリメートル。
※下辺の数字は一紙の横幅を、括弧内は糊代の幅を示す。
（菊池紳一）

二、表紙および本文料紙

本巻は、縦三〇糎、横二七・三糎の紺地鳥の子紙を表紙とするが、恐らく加賀藩五代藩主前田綱紀の時代の装幀と推測されている（上記『中外抄下巻解説』）。

本文料紙は、消息類の反古二十六枚（軸付紙を除く）を継いで、その紙背に書きしるされている。その各紙の寸法は、縦二九・三糎から三〇糎、横は第一紙の四五・三糎を除いて、四七・〇糎から五三・四糎の間、各紙小異あり。また軸付紙は幅六・五糎で、三一糎の紫檀軸に巻き付けられている（法量一覧参照）。

なお、紙背文書については更めて後述するが、なかに「官長者」および「大夫史」・「左大史」を宛名とするものが八通含まれており、これらは壬生官務家（小槻氏）に伝存した消息類と考えられる。

三、本文要旨

本巻は、久安四年（一一四八）七月一日より仁平四年（一一五四）十一月六日（但し同年十月二十八日久寿と改元）にわたる間、仁平三年を除く六年の月日にかけて書記された前関白藤原忠実の談話（但し内大臣藤原頼長の言談等を若干含む）筆記である。しかしてそれが久安四年閏六月四日条を末尾とする『中外抄』上巻に接続することは疑いない。仍って本巻の内容一覧を左に掲げる。

『中外抄』下巻　内容一覧

	談話年月日		談話要旨	本文頁
1	久安四年	七月一日	中原師元、宇治小松殿に参上、内裏造作と正堂・正寝につき論議	六
2		同日	大江匡房、摂政・関白には漢才無用、公事大切を強調	八
3		七月十一日	後三条院の御願寺円宗寺命名の経緯	九

4		八月五日	同じ日に複数の神社の精進をする場合の順序	一一
5		八月二十四日 二十五日	女位記請印につき、内大臣（藤原頼長）と中原師元との問答	一一
6		同日	内覧人と関白との差別につき、内大臣と師元との問答	一四
7		同日	内覧の大臣と官奏の関係につき、内大臣と師元との問答	一五
8		同日	関白と上臈の大臣との席次につき、内大臣と師元との問答	一六
9		同日	内大臣と師元との問答、御堂（藤原道長）の童随身の事から皇帝記・文殿御記・柱下類林の事等に及ぶ	一七
10		十一月二十四日	大殿（忠実）仰せて云く、四条宮（後冷泉皇后藤原寛子）は宿曜を勘ぜしめ給わずと	一九
11		十二月十四日	小袖と単衣の着用の事	一九
12		同日	盆供拝礼の事	二〇
13		同日	江帥次第の評価	二〇
14		十二月二十九日	大外記中原貞親・三善為長の人物評	二一
15	久安五年	三月五日	朝の手水の際などのウカヰスル（嗽）回数の事	二二
16		三月□（十カ）七日	天変に際しては、大臣・大将慎みあるべき事および天文密奏尊重の事	二三
17		三月二十三日	官位昇進の慶賀を申す作法（〝四条大納言文〟の引用）	二四

番号	年	月日	内容	頁
18		七月二十五日	宇治殿（藤原頼通）の気むずかしさを着衣等につき語る	二五
19		同日	故殿（藤原師実）と医師丹波雅忠をめぐる思い出話	二七
20		十月二日	三位中将（忠実孫兼長）の着陣の装束をめぐる論議	二八
21	久安六年	七月十七日	大外記中原師平（師元祖父）の叙位勘文上覧の作法等（附、師元の注記）	二九
22		同日	卜串を見る作法	三一
23		同日	御盆拝の事	三二
24		同日	藤原行成の蘇生譚と藤原実頼の薨去譚を伝える一条摂政（藤原伊尹）記	三三
25		同日	立文の封じ方と天文密奏御覧の時の装束	三四
26		同日	忠実の三昧堂建立の願意をめぐり頼長と問答	三五
27		七月二十七日	鷲峰山寺の争論に関連して訴訟の道を説く	三六
28		八月九日	故殿（師実）、上臈の者は表向きの場では全経・史文の事を第一に語るべしと云い、日記の事は家の秘たる故に強ちに云わず	三七
29		同日	和歌の事は上臈に対して自讃するも悪しからず	三七
30		同日	弓馬の事より相伝の鞆（とも）〝小鞆〟の焼失の事に及ぶ	三八
31		同日	近代の女房の化粧の往古と相違すること	三九

番号		日付	内容	頁
32		同日	近代の男装束の奇異なること	四〇
33		八月十一日	藤原実行・同実能（頼長の外戚）の任大臣の経緯から、両人の祖公季、さらにその母康子内親王をめぐる逸話・童談に及ぶ	四〇
34		同日	山階寺（興福寺）別当の補任につき、大衆入京嗷訴の事	四三
35		同日	三位中将藤原兼長（忠実孫）の中納言昇進の事	四五
36		同日	二条殿（忠実父師通）の大江匡房重用から匡房の〝やまとだましひ〟論に及ぶ	四五
37		同日	堀河天皇の崩御の際、大江匡房内裏に召されて易筮を復推する事	四七
38		八月二十日	忠実、小鷹狩について幼少時の思い出を語り、〝大納言物語〟のことに及ぶ	四九
39		同日	興福寺権別当覚継（忠実孫）の評価につき師元の意見を徴す	五〇
40		十一月十二日	鰯と鯖を公家に供することの可否より後三条院の鯖を賞味した逸事に及ぶ	五一
41		同日	宇治殿（頼通）の出行の際の随身のこと等	五一
42		同日	摂関家の蔵人所・北面のことから〝食物ハ三度するなり〟といい、さらに〝昼御をろし〟のことに及ぶ	五二
43		十一月二十三日	硯の名品〝露〟のことから能書家源師房の逸事に及ぶ	五四
44		十二月二十日	故一条殿（忠実母藤原全子）の仰せに依り、毎月朔日精進すべき旨の書を鳥羽院に上る	五七

番号	年	月日	内容	頁
45	仁平元年（正月二十六日改元）	三月十日	多武峰の大織冠（鎌足）の御影が京極大殿（忠実祖父師実）に似るとの説	五九
46		三月二十八日	訴訟あるとき財宝を贈って裁許を求めることにつき、御堂（道長）の訴訟の例を語る	五九
47		六月八日	四条内裏の荒廃ぶりから、犬放逐を命じた後三条院の権威に及ぶ	五九
48		七月六日	白河院の命に依り後三条院御記を部類書写して進上のこと及び御記の特色	六一
49		七月七日	高陽院（鳥羽后、忠実女）の土御門御所の殿舎の配置	六二
50		七月十五日	清水寺の不動堂と滝について	六三
51		同日	故殿（師実）の外出に供奉した犬と宇治殿（頼通）の飼犬について	六四
52		十一月八日	神事の間の守仏や経の取扱い、および宍食いと神社参詣の可否	六四
53		十一月二十五日	賀茂臨時祭に当り、参入の宰相中将（忠実孫師長）の装束を直させ、別に宣命の授受の儀について左大臣（頼長）に伝言	六六
54		十二月八日	母屋の大饗における見物の鷹飼のこと	六七
55		同日	競馬にまつわる御堂（道長）と実資大臣（小野宮）の逸事から正月七日の白馬節会の下名の作法に及ぶ	六八
56		十二月三十日	正月元日の節会等に着用する平緒を選びつつ平緒について語る	七〇
57	仁平二年	正月七日	故殿（忠実祖父師実）の指貫の着用をめぐって	七一

58	仁平四年（十月二十八日久寿改元）	三月十一日	御堂（道長）が木幡の三昧堂供養の日に禅僧に代ってみずから法螺を吹いた逸事	七二
59		同日	古人の宿曜の用否について	七二
60		三月十四日	鳥羽院の帰依した高野の覚鑁上人を斥けしこと	七三
61		三月二十九日	源頼義の生母をめぐる話から同義家・為義の母の出自（〃華族〃）に及ぶ	七四
62		四月二十七日	賀茂祭の日、葵を庇の御簾に付けることの可否について	七五
63		五月二十一日	新所移徙の際の装束より僧家移徙の作法に及ぶ	七六
64		六月四日	女性の夏期の衣服について	七七
65		六月十二日	魔事を払う祈祷について	七八
66	（久寿元年）	十一月六日	故准后（忠実母藤原全子）の教えに従って、年来自分の食物を割いて院（鳥羽院）の長寿を祈り奉ること	七九

なお、下述の理解に便するため、後掲附録に収める宮内庁書陵部所東山御文庫所蔵『富家語抜書』（一冊、後掲附録。以下「東山御文庫本」ないし「東山本」と略称）に拠り作製した上巻の内容一覧を左に掲げる。

『中外抄』上巻　内容一覧

	談話年月日		談話要旨	典拠写本
1	保延三年	正月五日	正月叙位の儀における宣命使の作法について	東山本
2		二月八日	布袴の着用をめぐって故平時範を批判	同
3		同日	出衣について〝近代の人〟の着用を批判	同
4		三月二十日	寒夜に衣を脱いで〝日本国の人民〟を思ったという〝先一条院〟の故事を引いて治国の心得を説く	同
5		（同日カ）	（端欠。五位の大外記と五位の史の世襲のことか）	柳原本
6		六月十二日	後一条院の御名アツヒラ（敦成）をめぐる話題	同
7		同日	花山院の近臣政治を批判	同
8		同日	上東門院の御産に奉仕した賀茂光栄を例に、上古の諸道の達人は衣服を好まず、才芸を先にしたと説く	東山本・柳原本
9		十一月十四日	宇治殿（藤原頼通）が平等院に寄進された荘園の米を検分比較した故事	柳原本
10		十一月二十五日	藤原頼長（内大臣右大将）同座にて、大臣大将の夜の行幸供奉について語る	東山本・柳原本
11		同日	大臣大将の老懸着用につき、大殿（藤原忠実）と内大臣頼長との間の質疑応答	東山本・柳原本
12		同日	列見・定考の上卿の出入すべき門につき頼長の質問	東山本・柳原本

13		同日	当時の大殿（忠実）の童名「牛丸」をめぐって	東山本・柳原本
14		十二月七日	御堂（藤原道長）が祇園社の誦経料として寄進された牛の牽く車に乗るのを止めたこと	東山本・柳原本
15	保延四年	正月二十六日	源師頼参入、大殿に子息師能の蔵人補任の慶を申し、且つ禁色の慶について問う	東山本・柳原本
16		正月二十八日	東三条殿は悪所に非ず、故殿（藤原師実）成長の所なり	東山本・柳原本
17		同日	東三条殿の西北隅に祀られた角振・隼明神のこと	東山本・柳原本
18		同日	禁中における触穢の由来、および帝王の斎月のこと等	東山本・柳原本
19		同日	宇治殿（頼通）任大臣後の春日社参詣のこと	東山本・柳原本
20		同日	春日祭の日の神馬奉納及び御拝装束のこと（保延四年の例）	東山本・柳原本
21		四月七日	仁海僧正は食鳥（破戒）の人なれど、験ある人で風貌は弘法大師の御影に似る	柳原本
22		四月十七日	賀茂祭の間の装束や僧尼面会等につき、大殿から内大臣に示された〝家の習〟	東山本・柳原本
23		十一月十日	内大臣頼長の着座に関連して、大臣着座の先例や敷設等を述べる	東山本・柳原本
24	保延五年	四月一日	物忌中の内裏火事についての故院（白河院）の仰せ	柳原本
25		五月	忠実が若年の頃狐狩をやめ、炎魔天供を行った話	東山本・柳原本
26		七月十日	昭宣公（藤原基経）が陽成天皇の後継に光孝天皇を選んだ経緯	柳原本

番号	年	月日	内容	所収
27	保延六年	七月四日	忠実が若年の頃才学増進を法輪寺虚空蔵に祈ったところ外舅の大納言（藤原宗俊）らに戒められたこと	東山本・柳原本
28		同日	准三宮辞退につき、御堂・宇治殿の先例等問答、（附）毛深い人には才がある近例として、関白（忠通）をあげる	東山本（一部ノミ）・柳原本
29		（同日カ）	忠実、元日四方拝に当って慎むべきことを語る	柳原本
30		九月二十九日	忠実、出家を前にして御堂以下先祖の経歴との比較を師元に問う	柳原本
31		十月二十五日	正親町殿の装束鋪設について、大殿と関白の質疑応答、（附）二十七日正親町殿渡御の時、冠筥の取扱いについて	柳原本
32		十二月□日（ママ）	忠実、伊勢神宮奉拝の作法を大中臣親仲に問い、再拝両段八度の儀を用いる	柳原本
33	永治二年（四月二十八日康治改元）	二月十七日	伊勢神宮に関連する斎および賀茂祭以前の神事と灌仏の関係	東山本・柳原本
34		四月九日	忠実、大江匡房は才人なれど、管弦の知識に欠けていたと評す	東山本・柳原本
35		四月二十九日	春日社に奉納する神馬の数のこと	東山本・柳原本
36		同日	由緒ある名所、法興院と京極殿について	柳原本
37		同日	立文の書様等について語る	東山本・柳原本
38		同日	自邸に御幸を迎えた際の装束について	柳原本
39	（康治元年）	六月十六日	神社御祈の時の精進について	東山本・柳原本

40		十二(ママ)日	重服の喪服の帯は藁を、軽服には布を用いること	柳原本
41		（同日カ）	天地の方位について（服喪に関連か）	東山本・柳原本
42		十月十三日	楚鞦（すわえしりがい＝やまもも染めの苧(からむし)鞦）の使用について	柳原本
43		同日	物忌の時に軒に指すしのぶ草について（東山本ではこの項の次に、東三条殿に来たる僧は皆天狗なりとの一項を載せる。或いは後掲の十月二十三日条後半の記載に関連するか）	東山本・柳原本
44		同日	〝近代之人〟は物を食する作法を知らずと評す	柳原本
45		十月二十三日	摂関家の本邸〝東三条殿〟をめぐる話題	柳原本
46		同日	東三条殿に於ける真言法に天狗出現のこと	柳原本
47		十一月十日	北向きに手を洗うは福が付くという、されども御堂（道長）は方向を無視したと言い伝えられる	東山本・柳原本
48	康治二年	四月十八日	源為義の処遇を論じ、その祖頼義・義家の活躍に言及	柳原本
49		五月四日	東三条殿の屋敷神、角明神の霊験あらたかなること	柳原本
50		五月七日	四月一日および十月一日の更衣をめぐって先例を語る	柳原本
51		同日	仏事を忌むべき日（干支）のこと、および円宗寺改名のこと	東山本・柳原本
52		六月日(ママ)	相撲節の極熱のときに用いる耳桶のこと	柳原本
53		七月二十七日	高齢者の顔色をめぐる話	東山本・柳原本

54		同日	忠実、〝泰憲卿暦記〟（正本）を見ながら藤原泰憲を批判	柳原本
55		八月一日	琵琶の袋と玄上の袋の可否より宝物の袋一般に及ぶ	東山本・柳原本
56		九月十一日	近日南京興福寺に建立する御堂の供養の庭の拡張とその先例	柳原本
57		九月十五日	日吉山王社の十禅寺の示現と称する巫女の夢告、および大入道殿（藤原兼家）の巫女に対する応対	東山本・柳原本
58		九月二十五日	故殿（祖父師実）葬所と墓所との相違を説く	柳原本
59		十月十日	故二条殿（父師通）の早世を嘆く故殿（祖父師実）を見て、年来懐いた出家の思いを断った経緯を述べる	柳原本
60	康治三年（二月二十三日天養改元）	正月二十八日	二月祈年祭前僧尼を忌むことにつき故白河院の仰せ事あり	東山本・柳原本
61		同日	白河院仰せて云く、四月灌仏会の有無に関係なく八日以後に僧尼を忌むべきこと	東山本・柳原本
62	（天養元年）	三月三日	恒例の節供につき、宇治小松殿に滞在の内大臣殿（頼長）と入道殿（忠実）との間に質疑応答あり	東山本・柳原本
63		同日	宇治における御燈の祓につき、入道殿と内大臣殿との間に質疑応答あり	東山本・柳原本
64	久安三年	七月十九日	山大衆烽起のとき、入道殿炎魔法王の天台山に登り給うを夢に見る	柳原本
65		同日	宇佐八幡宮の御輿を射た大宰大弐藤原実政の罪名議定に出現した神威	柳原本
66		同日	祇園天神をめぐる諸説	東山本・柳原本

67		同日	祇園社に祀る蛇毒気神の造立のこと	柳原本
68		同日	新羅明神の神威の事等	東山本・柳原本
69		同日	師元の祖父師平と天文密奏について	柳原本
70		十一月十五日	閑院太政大臣公季が幼少のころ、村上天皇の御前で陪食のとき、〝えつつみ〟（荏裹）を所望のこと	柳原本
71	久安四年	四月十八日	近時渡来した孔雀をめぐって問答	東山本・柳原本
72		同日	近時渡来した鸚鵡は〝唐音の詞〟を唱え、〝日本の和名の詞〟をいわず	東山本・柳原本
73		同日	まれに起きる重い天変よりも常習的な変事に注意せよとの故中原師遠（師元の父）の警告	東山本・柳原本
74		同日	〝吏部王記〟の事例などを引いて、現存にて忌日法事の可否を論ず	柳原本
75		同日	観世音寺別当林実進上の〝転法輪蔵〟を院（鳥羽上皇）に進上の可否	柳原本
76		五月二十三日	過日の天王寺参詣の心境を語る	東山本・柳原本
77		同日	念仏勧進上人が天王寺に施入した錫杖の由来等	東山本・柳原本
78		同日	邸宅の四門の可否につき問答。なお東山御文庫本の末尾の「帝王関白四門可為吉例歟、仰云、太有興事也」の一句、柳原家本になし。	東山本・柳原本
79		同日	法興院の馬場の古事来歴から同院における大饗に及ぶ	柳原本
80		同日	法成寺阿弥陀堂九体仏の造立の経緯と仏師定朝の活躍（但し東山御文庫本は末尾の定朝関係の記事以下欠）	東山本・柳原本

81	同日	御侍讀の人選に関連して、故藤原正家のことなど回想	柳原本
82	同日	日記の効用から記載の心得を述べ、〝部類抄〟のことに及ぶ	柳原本
83	同日	相撲節を知る者が稀となったこと、およびわれ（忠実）こそ知ると語る	柳原本
84	同日	礼節の夜が明月に当たったときには燈火を消すか否かのこと	柳原本
85	閏六月四日	明日献上の鎮西の毛亀のことから、足ある蛇のことに及ぶ	柳原本
86	同日	李部王重明親王より大入道殿藤原兼家に伝領された東三条殿にまつわる吉夢について	柳原本

さて上記のごとく、尊経閣文庫に蔵する『中外抄　下』（旧称「久安四年記」）が、「中外抄　上」の奥題をもつ『中外抄』上巻に接続することは疑いない。しかし柳原家本を始めとする上巻諸本は巻首を欠脱しており、「富家語抜書」（但し高階仲行筆録の『富家語』にあらず）と首題し、保延三年正月五日条に始まる『東山御文庫本』も抄略本である以上、同本の巻首をもって安易に本書『中外抄』上巻の巻首と断ずるのも躊躇されるが、取り敢えず上掲一覧表においては『東山御文庫本』の記事を冒頭に掲げた。

それはともかく、上掲の内容一覧に拠ると、本書上・下二巻は、保延三年（一一三七）正月五日より久寿元年（一一五四）十一月六日に至る間、すなわち藤原忠実の六十歳から七十七歳にわたる十八年間の言談の記録で、本巻は、そのうち上巻末尾の久安四年（一一四八）閏六月四日条を承けて、同年七月一日より久寿元年（仁平四年）十一月六日に至る間の記録である。しかし以下に掲げる上・下両巻の巻末奥書を検すると、両者は伝来の系統を異にするのではないかと思われる。

四、奥書

まず尊経閣文庫に伝存する本書下巻の奥書を掲げれば、左の通りである。

入道殿下仰等随覚悟注之、子孫深可秘
之、師元所注也、
建暦二年十月五日於有馬温泉書進之、
業信
本奥書云、
余借三条三位顕兼本写之加校了、在判、親経卿判也、
比校了（花押）

すなわち下巻奥書は、入道殿下＝前関白藤原忠実の仰せ等を覚悟に従って注したが、子孫これを深く秘匿すべき旨の談話筆録者中原師元の注記を掲げたうえで、建暦二年（一二一二）十月五日有馬温泉で「書進めた」旨の三善業信の識語を載せる。さらに「余」すなわち藤原親経（日野流、権中納言、承元四年＝一二一〇年薨）が三条三位源顕兼（村上源氏、承元二年叙従三位）所持の本を借りて書写した旨の「本奥書」を転載する。そして一行ほど間をあけて「比校了（花押）」の記載があるが、いまその筆者は確定できない。しかして本巻は、上記のように、数通の消息類の反古の紙背に書き記るされて、小槻（壬生）官務家に伝えられ、近世江戸期に至って前田綱紀のもとに譲渡されたものかと思われる。

なお、『叢刊本』附属の『中外抄下巻解説』には、上記の三条三位顕兼の叙従三位の年月と権中納言親経の薨年とに拠って、本巻の伝写の経路を

顕兼本―親経本―業信本

と考定し、さらに「筆者は不明であっても、その建暦年間又はその直後の書写に係るものなることは一点の疑を入るべき所はないと思はれる」と断定している。またかつて壬生家に伝存したと考えられる紙背の消息類の発給年代が建暦元年（一二一一）であることは、後述の紙背文書の考察の通りである。

次に宮内庁書陵部所蔵柳原家本『中外抄上』の冊尾の奥題以下、奥書を左に掲げる。

中外抄　上
建保二年正月書写校了、
大外記師元朝臣注付知是院殿仰也、以三位入道顕兼本書了、寂秘者也、此書世間希歟、
中宮小進橘以経
彼家外令來見候本本進被書置了、
以右京権大夫以長本書写了、
弘長三年七月廿七日　（花押）
奥書以經筆也、

右以或家古巻令家人書写了、
可秘焉、
寛政九年正月三日
正二位藤（紀光）（花押）

すなわち本書は、『続史愚抄』の大著で知られる藤原（柳原）紀光（権大納言・正二位、一七四六年生、一八〇〇年薨）が家人に命じて「或る家の古巻」をもって書写させたものである。

また巻末識語に見える「中宮小進橘以經」については、『尊卑分脈』橘氏系図に、橘氏長者にして弾正大弼・従四位下・中宮亮等の官位を注し、「右京権大夫以長」についても、同系図に以経の祖父にして、嘉応元年（一一六九）卒すと記している。

さらに同識語に依ると、この上巻も下巻と同じく「三位入道顕兼本」＝源顕兼本の伝写本というが、下巻が建暦二年（一二一二）十月五日の書写とするのに対し、この上巻には「中外抄　上」の尾題に接して「建保二年（一二一四）正月書写校了」と記し、下巻の書写より二年後の書写なることを明示しており、上、下両巻は伝写の系統を異にするのではないかと思われる。

（橋本義彦）

五、紙背文書

本巻の紙背文書については、菊池紳一の調査結果を左に収載する。

『中外抄』紙背文書について

一

古代以来、紙は貴重品であったため不要となった文書（反古）を翻して、文字のない裏面を利用して、典籍・経典の書写や日記を記すことに用いられてきた。これを一般的に紙背文書あるは裏文書という。その多くは、日常的な書状や、短期間で効力が無くなる文書類で、不要となった段階で廃棄され、その一部が再利用されて紙背文書となった。そのため、ある役職あるいは個人の場合は、ある一定の期間に集積された反古が用いられることがあり、関連する内容の紙背文書群として伝来することもあった。一方、成巻される際に前後あるいは上下が切り揃えられたため、前欠あるいは後欠になっている場合が多く見られる。

尊経閣文庫所蔵『中外抄』（下巻、一巻）を見てみると、本文は二十六紙からなるが、その書写のすべてに反古が用いられている。この紙背文書の内容を簡単にまとめたのが「『中外抄』下巻　紙背文書一覧表」（以下、「紙背文書一覧表」と略す）である。なお、この表の備考欄には、差出と宛所に記載される人名（官職名、通称等）を除いた、本文中に見える主な言葉（キーワードとなる人名、地名、件名等）を記載した。

この表を一覧して気がつくように、この『中外抄』紙背文書の内容は、書状・消息と推定されるものが大半であり、第三紙・第五紙・第八紙のように礼紙書と推定される反古や、第二十五紙のように切封墨引きだけが残るもの（これも礼紙か）、第二十三紙のように土台（下書き）と推定されるものも含まれている。

宛所は、この文書群の集積先を示すことが多いが、この紙背文書は大夫史・左大史・官長者宛の書状類が八通を占めており、弁官の書状・奉書も数通見られ、小槻官務家に宛てられ、集積された文書であった可能性が高い。この点については、後述したい。

二

最初に、昭和九年（一九三四）二月に刊行された複製「中外抄」（『尊経閣叢刊』のうちのひとつとして）に付された「中外抄下巻解説」の中で、この紙背文書について触れているので、その指摘を確認しておくことにする。

巻末の奥書によると、建暦二年（一二一二）十月五日に、業信なる人物が有馬温泉で書写したことが記されている。ここから、この文書群は建暦二年十月以前のものであることが確認できる。また、紙背文書中に、左記の業信の名を記す文書（第十一紙）が存在する。

『中外抄』下巻　紙背文書一覧表

紙数	年月日	文書名	宛所	備考
第一紙	年欠十一月二十四日	下部カ書状		国友
第二紙		某申状カ（折紙）		後欠、長門国厚東御領、平家没官領、故鎌倉右大将家（源頼朝）、御家人貞弘、鎮西、六波羅留守
第三紙				礼紙、追て書
第四紙	年欠十一月四日	法橋某書状	掃部頭（中原師季）	官長者（小槻国宗）、将軍家御領、木工助
第五紙				礼紙、追て書、楽人方、祐俊功事
第六紙		某申状カ		用途帳
第七紙	年欠十一月十九日	権右中弁平経高奉書		熊野所司解状
第八紙				礼紙、追て書、神宮
第九紙		高羽江御厨所司等言上状		高羽江御厨、村松御厨、村松御厨一分給主維行、外宮一禰宜忠行神主、父行平
第一〇紙	年欠十一月四日	神祇権少副大中臣永隆書状	大夫史（小槻国宗）	村松御厨、行平
第一一紙	年欠十一月一日	治部卿平親輔書状		国直、（三善）業信
第一二紙	年欠十月二十一日	某書状	大夫史	武庫神人
第一三紙	年欠十一月十日	右中弁藤原範時書状	大夫史	用途事

第一四紙	年欠十一月□日	右中弁藤原範時書状	大夫史	御祈願用途
第一五紙	年欠十一月二十一日	左中弁藤原定高書状	大夫史	
第一六紙	年欠十一月十六日	権右中弁平経高奉書	大夫史	□河御厨、地頭治部卿（平親輔）
第一七紙	年欠十一月七日	某奉書	左大史（小槻国宗）	着陣、左衛門督殿（坊門忠信）
第一八紙		某仮名消息		
第一九紙		某書状カ		後欠、書状か、医師丹波為□、大嘗祭国司徐目
第二〇紙	年欠十二月六日	某書状		前欠、官掌、行事官
第二一紙	年欠十月二十五日	某書状		後庁出納吉里
第二二紙		某書状カ		後欠、書状か、行事所召物
第二三紙	年欠九月二十三日	左□□某書状		土台カ、淡路国、官使
第二四紙	年欠十一月二日	河内守藤原秀康書状	官長者（小槻国宗）	前欠、大江能盛、悠紀・主基両方成功事
第二五紙				礼紙、切封墨引のみ
第二六紙		某書状カ		後欠、書状か、伊せ国片方納所

国直・業信(三善)所望事、子細殊可奏聞之状、如件、
十一月一日　治部卿(平親輔)（花押）

「業信」について、「中外抄下巻解説」では三善業信と指摘する。『官史補任』によると、『猪熊関白記』建仁三年（一二〇三）六月十六日条に「右少史三善業信」と初出する人物で、『改元部類記』元久元年（一二〇四）二月二十日条（『大日本史料』第四編之八所収）には「左少史三善業信」、元久二年正月二十九日の除目で「右大史三善業信」に補任（『明月記』元久二年正月三十日条）、『三長記』建永元年（一二〇六）五月四日条に「修理右宮城判官右大史三善業信」、同書同年九月二十五日条に「右大史三善業信」などと見える。承元元年（一二〇七）正月五日には従五位下に叙されている（『明月記』承元元年正月六日条）。同解説では「建暦の頃従五位の右大史であったらしいことが分る。」「業信の所持した文書ではなかったかとも想像される。」と指摘するが、建暦年間は史大夫であったと考えるべきで、文書の所有者は別人であろう。なお、国直については不明である。

宛所の「治部卿」は、建暦元年十月十二日に治部卿と蔵人頭に補任された平親輔の可能性が高い（『公卿補任』建暦二年条）。平親輔は内蔵頭平信基の養子で、近衛家に近く、基通の執事、家実の家司・厩別当などを勤めた。建保三年（一二一五）十二月二十二日に出家している。『花押かがみ』二で花押を確認したがほぼ同人のものと見てよいと思う。平親輔は、建暦二年五月二十一日従三位に叙され、蔵人頭を去っている。文書の内容が国直・三善業信の官位所望に関することであり、蔵人頭在任中のものであろう。とすれば、建暦元年十一月一日の可能性が高い。

その他、「中外抄下巻解説」で指摘しているのは次の四点である。

①日付の確認できるものが十四通あり（十五通カ）、いづれも九月・十月・十一月の三ヶ月に限られており、同一年内のものであるらしい。

②大嘗会に関する事項が散見するが、これらは建暦二年十一月三日に行われた御儀に関連したものであろう。

③差出に河内守秀康とある文書があるが、この秀康は承久の乱で官軍の将となった藤原秀康のことであり、建暦二年正月に河内守に在任していた。

④本文中に見える神祇少副大中臣永隆は、建暦前後に於いて権少副であった。

三

①は「紙背文書一覧表」でほぼ確認でき、『中外抄』の書写が建暦二年十月五日であるので、この文書群は建暦二年の可能性はなく、建暦元年の可能性が大きくなる。

次に、前述の②③に関わる十一月二日の河内守藤原秀康書状（第

二四紙）を検討したい。この文書は、『中外抄』紙背文書の中で、一通だけ『鎌倉遺文』に収められているものである（第五巻二八七二号文書）。出典は「尊経閣所蔵中外抄裏文書」となっており、十一月二日の藤原秀能書状と題して兄秀康の没年にかけて収められている。しかし、左記に記したように、この文書は前欠の河内守藤原秀康の書状であり、これは『鎌倉遺文』の単なる誤植と考えられる。なお、『大日本史料』第五編之一の承久三年十月六日条の「六波羅、藤原秀康、同秀澄ヲ河内ニ捕ヘ、尋デ、之ヲ京都ニ斬ル」の中に、「藤原秀康筆蹟〈中外抄紙背、侯爵前田利為氏所蔵〉」として、この文書の写真が収められている。このように『鎌倉遺文』の読みに誤植があるので、左に掲出する。

（前欠）

何□之処於大江能盛者、悠紀・主基両方成功中、不被召付之由返答候也、又件大江能盛挙申人雖相尋候、大方不知之由候也、若御存知事候者可蒙仰候、且賜御返事、事由可申上候也、恐々謹言、

十一月二日　河内守秀康（藤原）

謹上　官長（者）務殿

藤原秀康（?～一二二一）については、平岡豊「藤原秀康について」（『日本歴史』五一六号、一九九一年）に詳しい。それによると、出自は秀郷流藤原氏、小山氏や藤姓足利氏と同族である。父秀宗は大和・河内等の受領を歴任している。秀康は、村上源氏源通親の後援によって、建久七年（一一九六）に内舎人に任じられて以降、下野・上総・河内・伊賀・淡路・備前・能登等の受領を歴任し、大内裏紫宸殿や鳥羽殿十二間御厩等を造進して後鳥羽上皇の知遇を得、同院御厩奉行、ついで同院の北面、西面に祗候した。検非違使として盗賊逮捕にも活躍している。村上源氏との関係は、秀康の本拠河内国讃良郡が、秀康の先祖から村上源氏に寄進された所領と推定され、その縁から後鳥羽上皇に用いられるようになったと考えられる。

藤原秀康は、承久の乱では、上皇方の総大将として美濃国摩免戸（岐阜県各務原市）を守備したが、上皇方が敗れると摩免戸を放棄して帰洛し、その後宇治・勢多の戦いにも敗れ、南都に潜伏、十月六日河内国で捕らえられ、同十四日乱の主謀者として処刑された。

この秀康の河内守在任が確認される時期は、『業資王記』建暦元年正月五日条が初見で、北面の一人に「河内守秀康」と見える。『参軍要略抄』下（院中公事）によれば、同年三月二十一日後鳥羽上皇が水無瀬殿から石清水八幡宮に御幸した際に、御後に河内守秀康が従っていた。また、『業資王記』建暦二年正月三日条裏書に、後鳥羽上皇の御幸始めに従った公家の中に、「北面五位河内守秀康」とあるのが終見である。

この河内守在任の前後の任官を確認しても、ほぼ建暦元年～同二年が藤原秀康の河内守在任期間と推定され、この文書の発給された

年は、『中外抄』書写以前（十月五日以前）の建暦元年十一月二日と推定して間違いはなかろう。

この文書の冒頭に見える大江能盛なる人物は確認できなかったが、その次の文言である「悠紀・主基両方成功中」からも年代を検討してみたい。悠紀は、天皇の即位後はじめて行われる大嘗祭に、神事に用いる新穀・酒料を奉るよう卜定された第一の国を言い、主基はその第二の国を言う。とすれば、大江能盛が申請した成功は大嘗祭に関わる費用であったと推定される。そこで建暦元年・同二年頃に行われた大嘗祭を調べてみると、承元四年（一二一〇）十一月二十五日、順徳天皇（一一九七～一二四二）が兄土御門天皇（一一九五～一二三一）の譲位を受けて受禅している。大嘗祭は翌年の建暦元年に予定され、八月十一日に大嘗会国郡卜定、同二十四日に大嘗会行事所始、九月三日に大嘗会大祓、十月二十二日に大嘗会御禊が行われるなど順調に進行したが、十一月八日、天皇の准母春華門院（後鳥羽上皇皇女昇子内親王）が突然崩御したため、翌年に延期された。翌建暦二年には、四月二十八日に大嘗会国郡卜定、五月二十日に大嘗会行事所始、十月二十八日に大嘗会御禊が行われ、十一月に大嘗祭の諸行事が滞りなく行われている（以上『史料総覧巻四』による）。

この経緯を見ても、この文書群の年代は建暦元年か同二年を指しており、書写が建暦二年十月五日であるので、建暦元年であることは間違いない。

この『中外抄』紙背文書の中には、これ以外にも大嘗祭に関わりのある文書が見られるので、指摘しておこう。

第二紙の紙背は後欠であるが、書出から某申状と推定される。冒頭の事書に「長門国厚東御領大嘗会□（召カ）物□貢難堪事」とあり、長門国厚東御領に賦課された大嘗会召物（カ）について免除を求めた嘆願書と推定される。

第十九紙の紙背は後欠であるが、書出から某書状と推定される。本文中に「抑左近之事、医師丹波為□叙爵之志候、今度大嘗会国司除目□□□勘文之外、切々令懇望候也」といった文言が見え、これも成功に関わる書状では無かろうか。

四

次にこの文書群の宛所について検討しよう。「紙背文書一覧表」を見ると、九通に宛所が記されている。そのうち大夫史・左大史・官長者宛の書状類が八通を占めている。その中には官務の仕事と関係の深い弁官の書状・奉書が四通見られ、後述する内容からも、小槻官務家に宛てられ、集積された文書群であった可能性が高い。

この大夫史・左大史・官長者は、官務を世襲した小槻家の人物と考えられる。『官史補任』によれば、建暦元年頃には、左大史に小槻国宗（?～一二一三）が在任していた。『地下家伝』によれば、小槻国宗は左大史隆職（一一三五～九八）の子で、治承五年（一一八一）三月に大膳亮に補任され、建久九年（一一九八）十月二十日父隆職が没し

た後を受けて、十二月九日の京官除目で左大史に補任されている（『地下家伝』では十二月十三日の補任とするが、『師守記』貞治六年［一三六七］六月二十八日条や京官除目の日取りから訂正した）。小槻国宗は、穀倉院別当、主殿頭を兼任、位は正五位上まで登り、左大史在任中の貞応二年（一二二三）七月二十日に没している。以上のことから、大夫史・左大史・官長者は小槻国宗に比定できよう。

第四紙の「掃部頭」に宛てた十一月四日の法橋某書状の本文中にも「令付申官長者御許」という文言が見え、官務に関わる書状であると推定できる。ちなみに「掃部頭」については、建暦元年十一月頃掃部頭に在任していた中原師季（一一七五～一二三九）に比定できる。『地下家伝』によれば、中原師季は大外記師綱の子で、建仁元年（一二〇一）十二月二十二日に掃部頭に補任され、嘉禄元年（一二二五）十一月七日まで在任している。建久四年（一一九三）十一月一日摂関家（九条兼実）の家司に補任されているが、建永二年十月日の関白（藤原家実）家政所下文（香取大禰宜家文書、『鎌倉遺文』第三巻一七〇三号文書）に別当として「掃部頭兼直講長門介中原朝臣」と署名しているので、近衛家にも政所別当として仕えていたことがわかる。

次に差出の弁官について見てみる。建暦元年十一月頃、左中弁には藤原定高、右中弁には藤原範時、権右中弁には平経高が在任していた（各々十月十二日の除目で補任されている、『弁官補任』一）。第五紙の「定高」は左中弁藤原定高、第七紙・第十六紙に見える権右中弁は平経高、第十三紙・第十四紙に見える右中弁は藤原範時に比定できる。文書の内容を見ると、第七紙は「熊野所司解状」、第十三紙・第十四紙は各々「用途事」、「御祈願用途事」、第十六紙は「□河御厨」に関する指示（書止が「仍執達如件」・「可被尋聞給之条如件」となっている）であり、第十七紙・第二十紙も同様に考えてよいかもしれない（書止が「仍執達如件」である）。

橋本義彦「官務家小槻氏の成立とその性格」（初出『書陵部紀要』一一号、一九五九年、のちに『平安貴族社会の研究』に所収、吉川弘文館）によれば、平安中期以降、左右弁官局の最上首であった左大史が五位に任じられて「大夫史」と称され、官中の庶務を掌握するようになり、「官長者」とも称された。鎌倉初期には「官務」という呼称が定着したという。『中外抄』紙背文書に弁官が発給した文書が多く見られるのもそのためであり、この文書群が小槻官務家の小槻国宗のもとに集積された文書であったと見られる。

五

最後に、文書中の注目される人名・地名について簡単に見ておきたい。

第二紙に見える「長門国厚東御領」は、他の史料に見えない地名である。長門国厚狭郡は、『角川地名大辞典』（三五、山口県）によると、鎌倉中期の延応二年（一二四〇）に厚東川を境として東方と西方に分けられたと伝えられることを記し、「厚東」の初見を建武二年

（一二三五）三月十五日の崇西（厚東武実）寄進状案（持世寺文書、『防長風土注進案』一五）に見える「長門国厚東持世寺」であると指摘している。

しかし、『源平盛衰記』によれば、元暦元年（一一八四）二月に平家が摂津国一ノ谷に城郭を構えた時、長門国の厚東入道武道が平家方に付いたことを記し、「長門国守護職次第」（『続群書類従』四輯上）にも、五代に厚東郡司武光、七代に厚東郡司武景が見えており、平安末期には「厚東」という地名があったことをうかがわせる。

この文書から「長門国厚東御領」が鎌倉初期には存在していたことが確認できるが、どれほど遡れるのであろうか。この文書には「長門国厚東御領」が平家没官領であり、故右大将家（源頼朝）の時に、大嘗会以下の大小国役を勤仕しなくてもよいと定められたということがわかる。

長門国は、後白河院政期の治承元年（一一七七）九月頃、太政入道平清盛の知行国であったと推定され（治承元年九月日の長門国国司下文、尊経閣文庫所蔵「尊経閣古文書纂、宝菩提院文書」、『平安遺文』第八巻三八一〇号文書）、「厚東御領」はこの時期に設定された所領ではなかろうか。

第九紙に見える「高羽江御厨」（三重県伊勢市御薗町高向）、「村松御厨」（三重県伊勢市村松町）は、ともに伊勢国度会郡にあった伊勢神宮領の御厨で、現在では宮川を夾んで位置する。『角川地名大辞典』（二四、三重県）によると、どちらも南北朝期から見える地名とされており、この文書が初見となる。村松御厨一分給主維行は、外宮一禰宜度会忠行の孫で、行平の子にあたるという。これを「外宮二門氏人系図」（『系図綜覧』下巻）で確認すると、度会忠行は、寿永二年（一一八三）に外宮一禰宜となり（「類聚大補任」では六月十日補任とする）、建仁元年十二月晦日に執印、建保六年六月十八日に九十六歳で亡くなったという。その子行平は「行衡」と記載され、正四位上、四禰宜であった（「類聚大補任」では建保四年三月十七日補任とする）。維行は、村松と称し、正四位上、一禰宜となっている（「類聚大補任」では天福元年四月八日補任とする）。維行の子孫は代々村松を称しており、村松御厨の給主を相伝したと推定される。

次の第十紙も「村松御厨」に関する文書であり、参考に左記に示した。差出に見える神祇権少副大中臣永隆は、前述の「中外抄下巻解説」に指摘がある。

進上
　折紙一帋
　可被停止村松御厨（伊勢国度会郡）濫訴事
右子細載于状中候、官底問注之上、不相待裁許、行平（度会）令結構之条、尤左道候歟、任文書旧領之理、可被仰下之趣、殊御　奏聞可候哉、恐惶謹言、
　十一月四日　神祇権少副大中臣永隆
進上　大夫史殿（小槻国宗）

第十二紙に「武庫神人」と見えるが、これも伊勢神宮の御厨に関わるものであろう。『吾妻鏡』建久三年正月十四日条に見える平家没官領であった摂津国武庫御厨にあたるのであろうか。武庫御厨は、後白河法皇から源頼朝に与えられ、頼朝はこれを妹の一条能保妻の所領としたという。

第十七紙に見える「左衛門督殿」は、建暦元年九月八日に兼任した権中納言藤原（坊門）忠信に当たる。妹は鎌倉幕府三代将軍源実朝に嫁いでおり、父坊門信清は、この年十月四日内大臣に補任されている。

第二十六紙の本文中に見える「伊せ国片方納所」については、『角川地名大辞典』（二四、三重県）では、伊勢国には見出すことはできなかったが、志摩国英虞郡にあった片田御厨が立項されていた。説明によると「片方」とも書いたという。すなわち「皇太神宮年中行事」には、先例によって魚介を進ずる島々のひとつとして「行（片）方」が見え、「神鳳鈔」には「片田御厨」、「神領給人引付」には「片方御厨」が記載されているという。国名の誤記の可能性もあろう。

（菊池紳一）

附録

宮内庁京都御所東山御文庫所蔵『富家語抜書』
宮内庁書陵部所蔵柳原家本『中外抄』上巻

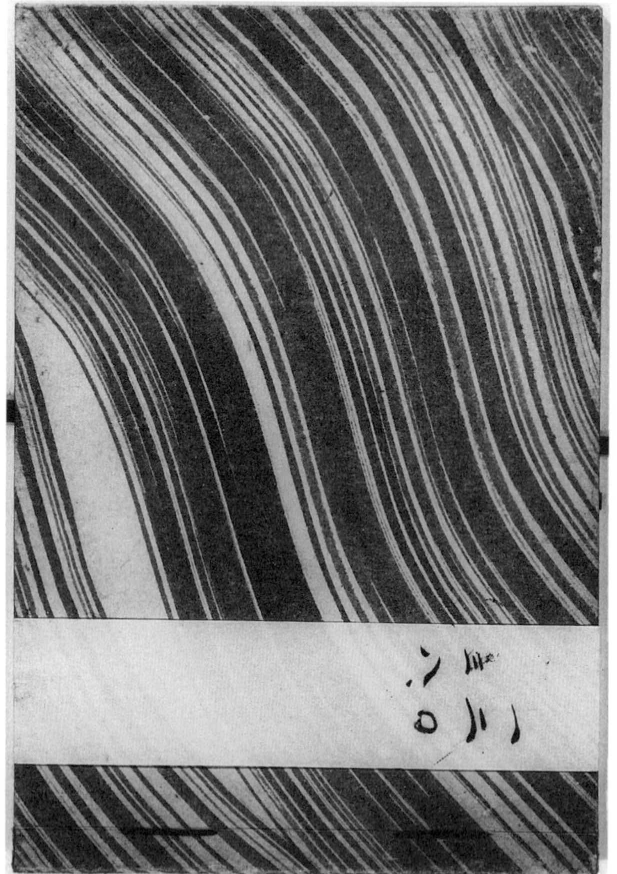

表紙

宮内庁京都御所東山御文庫所蔵『富家語抜書』

東山本　表紙見返／扉題

東山本　遊紙

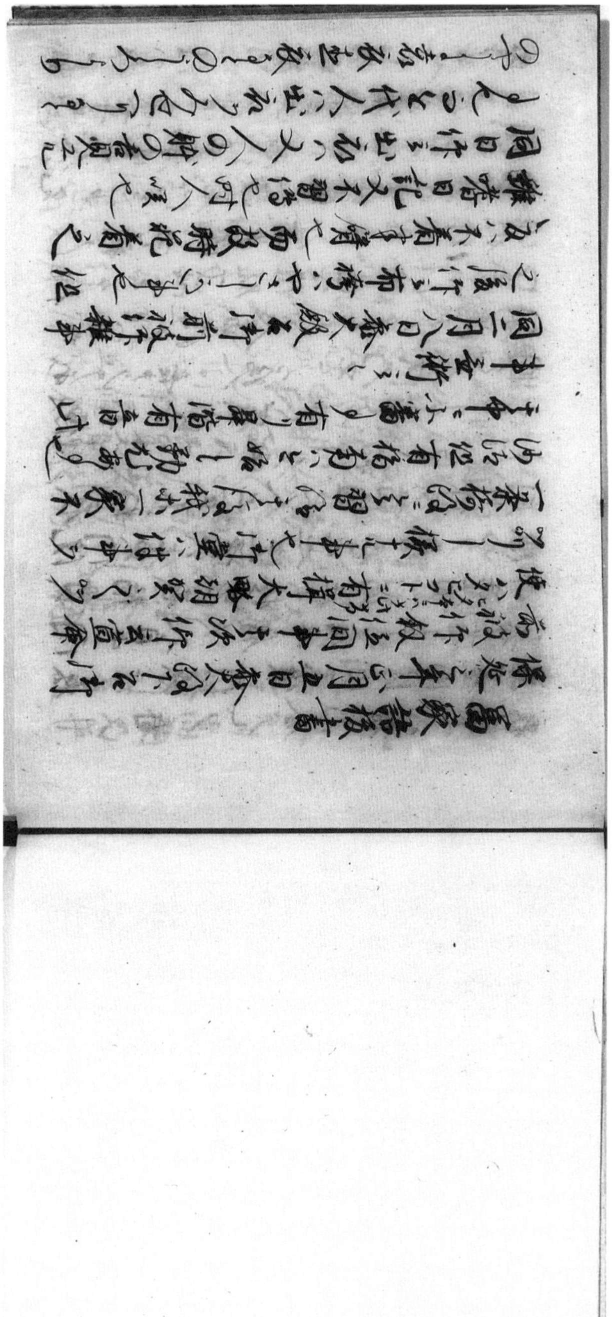

東山本　遊紙／首題／保延三年正月五日／同二月八日

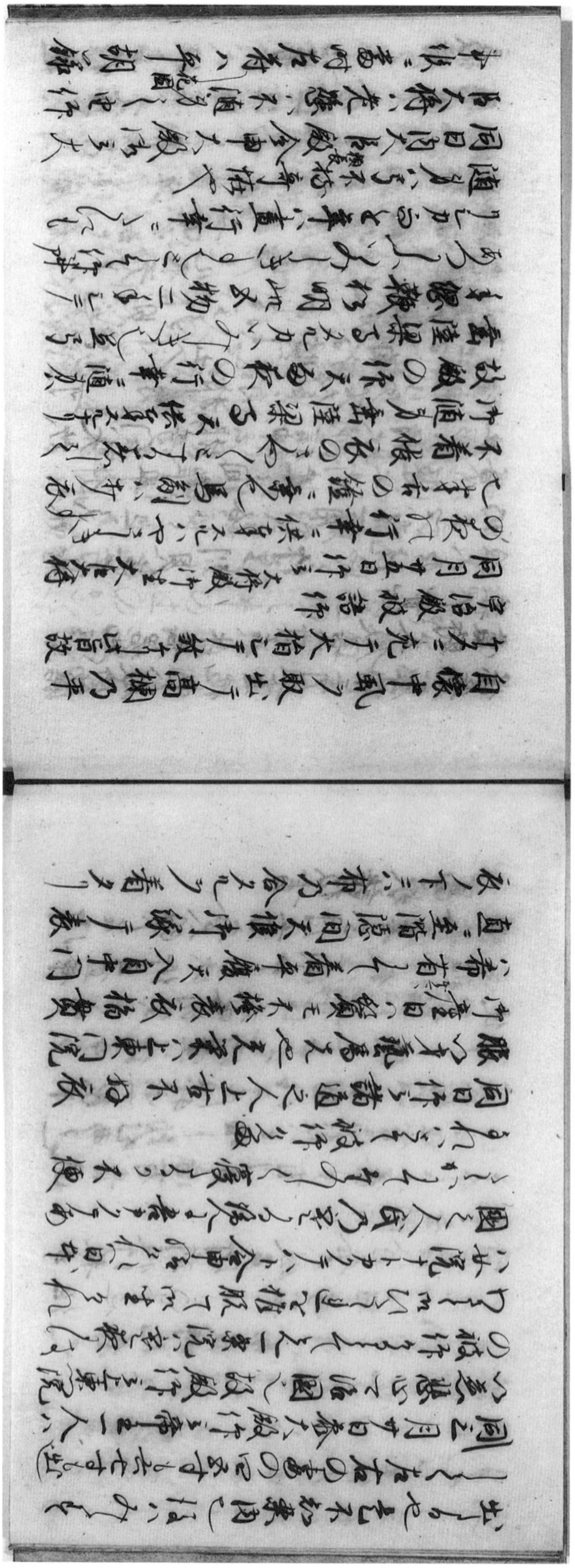

東山本　保延三年二月八日／同三月二十日／同六月十二日／同十一月二十五日

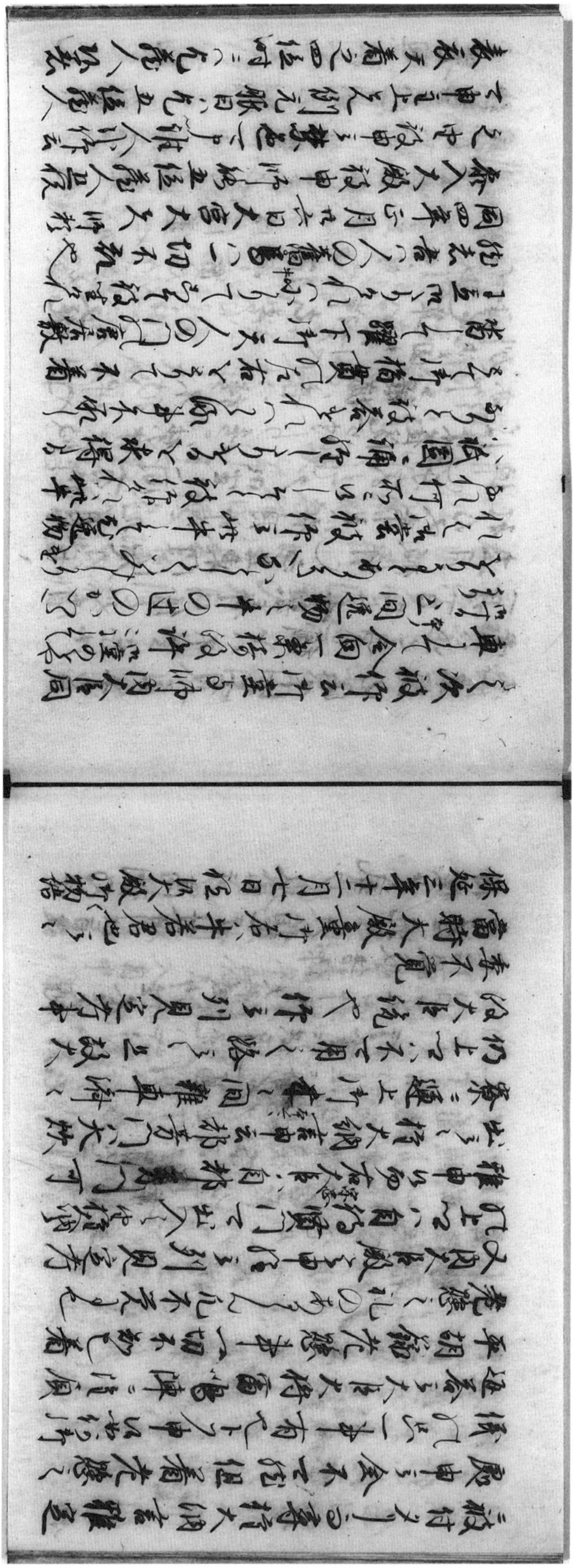

東山本
保延三年十一月二十五日／同十二月七日／保延四年正月二十六日

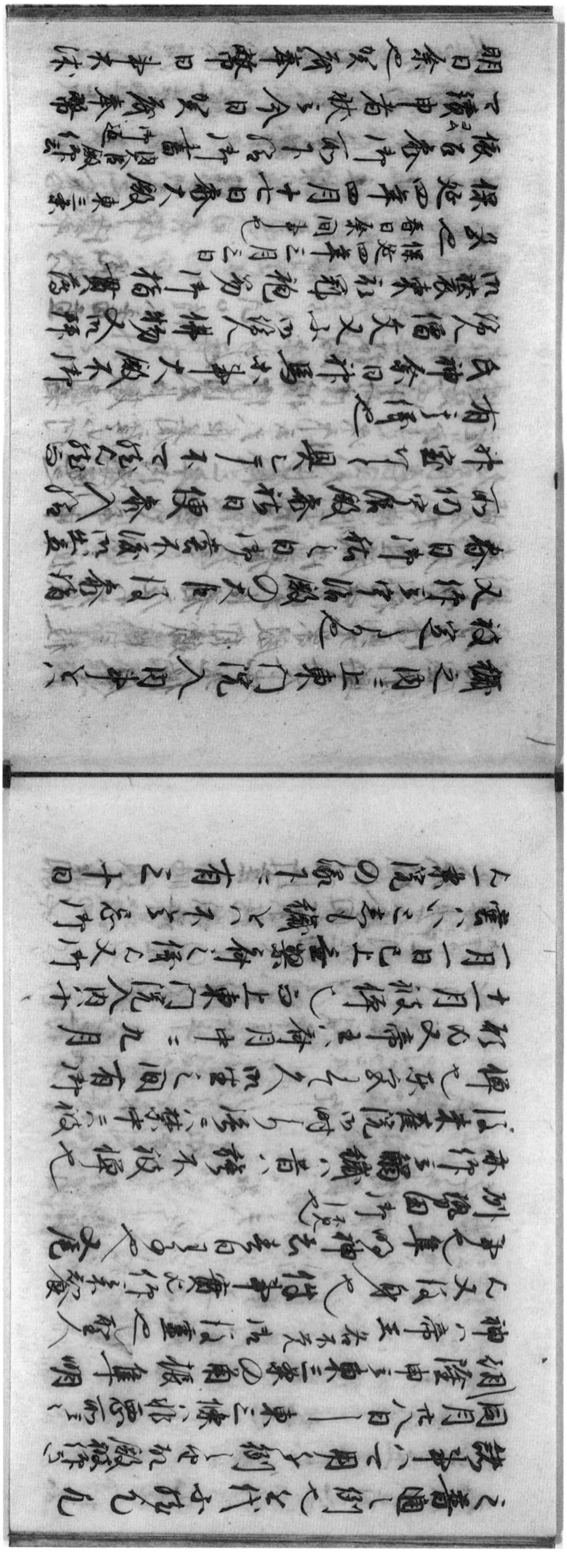

東山本　保延四年正月二十六日／同正月二十八日／同四月十七日

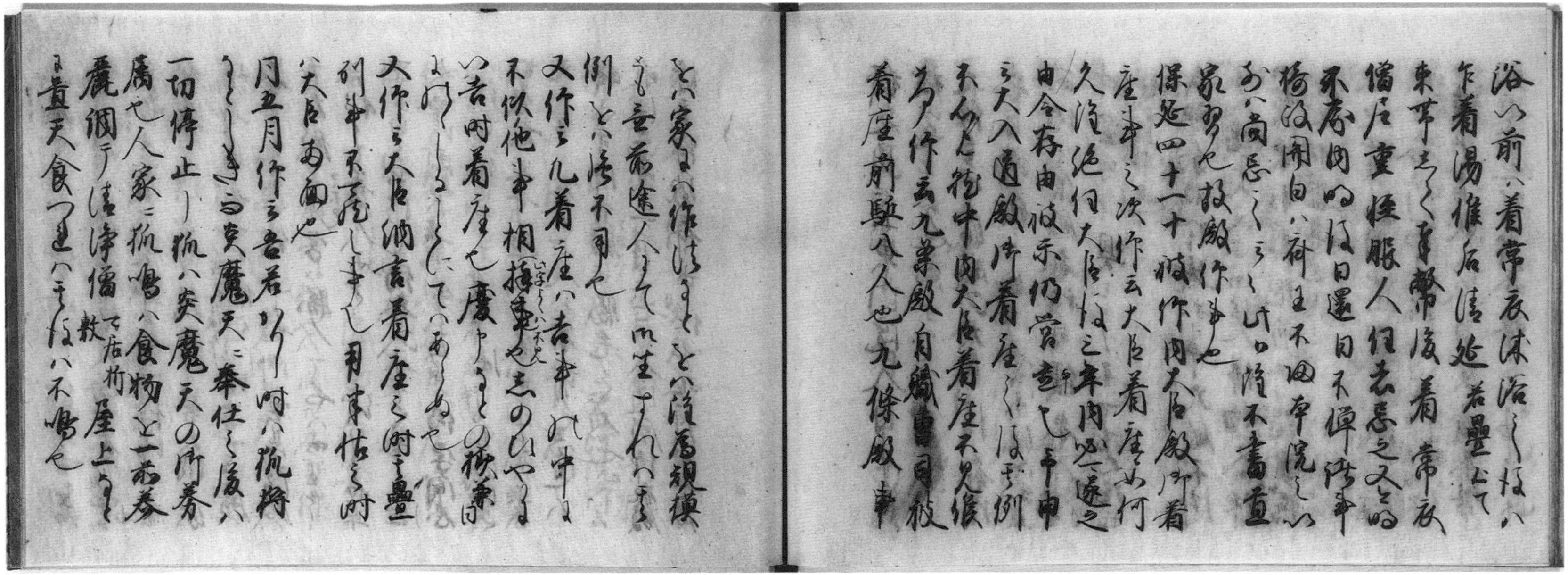

東山本　保延四年四月十七日／同十一月十日／保延五年五月

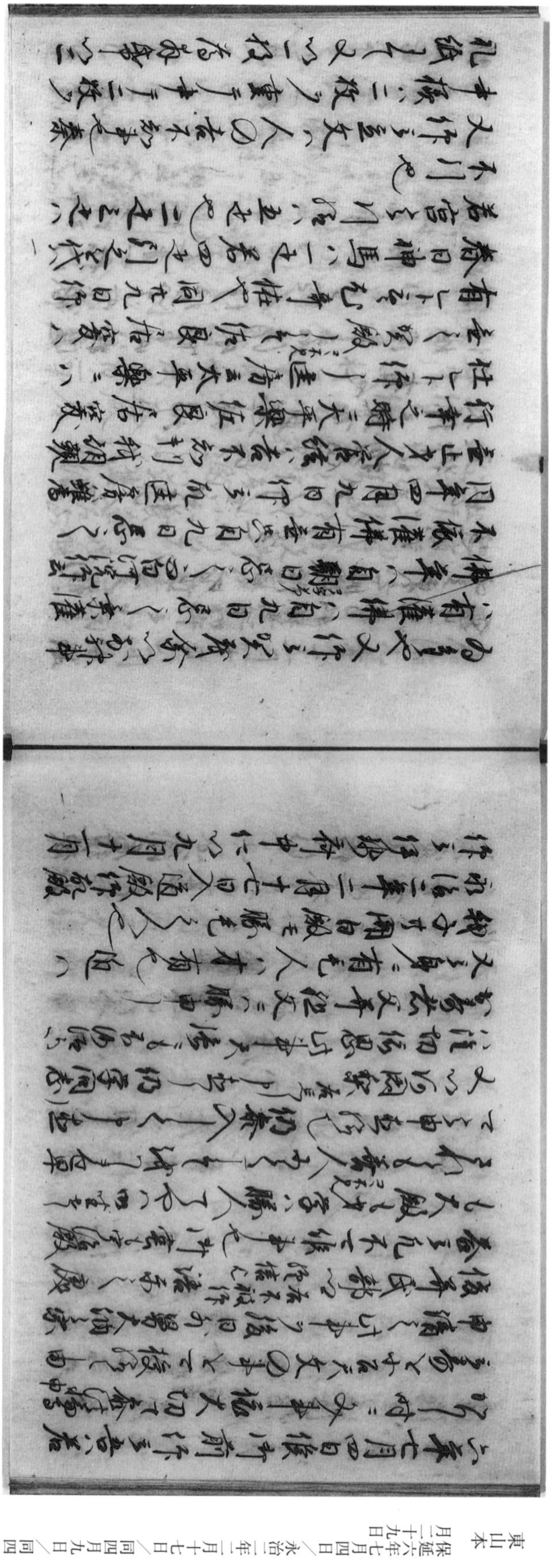

東山本　保延六年七月四日／永治二年三月十七日／同四月九日／同四月二十九日

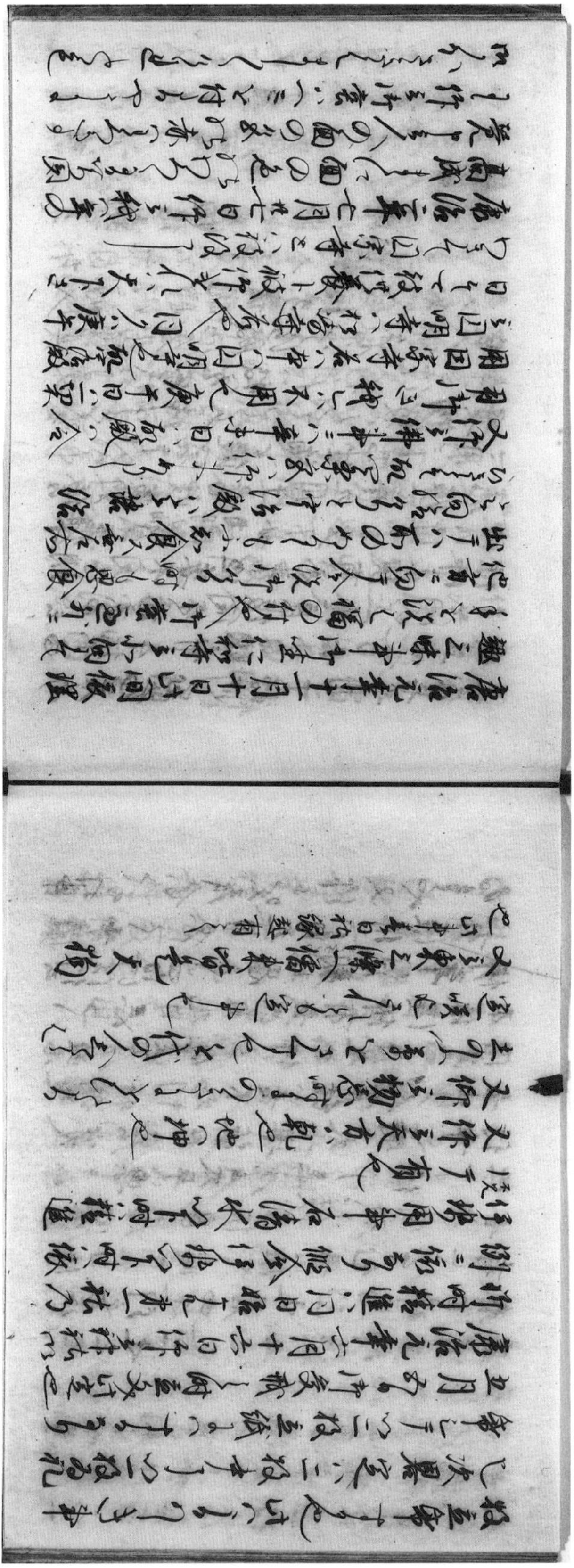

東山本
永治二年四月二十九日／康治元年六月十六日／同十月十三日／同十一月十日／康治二年五月七日／同七月二十七日

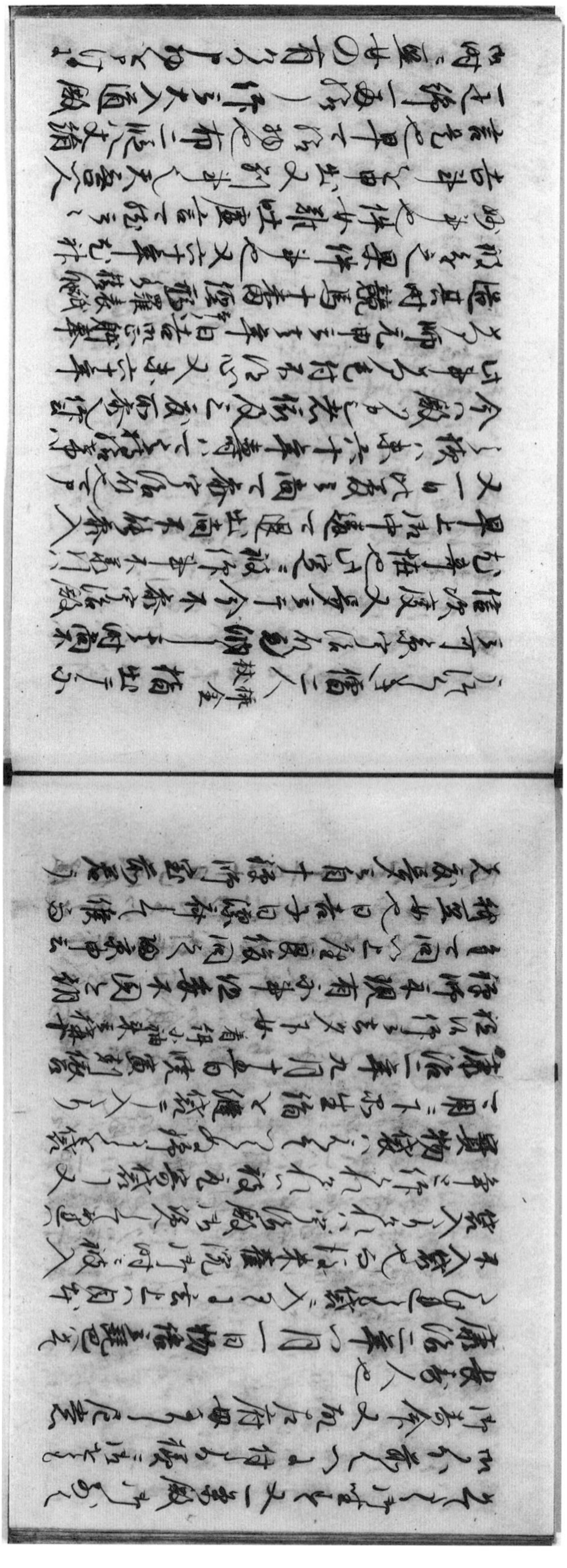

東山本
康治二年七月二十七日／同八月一日／同九月十五日

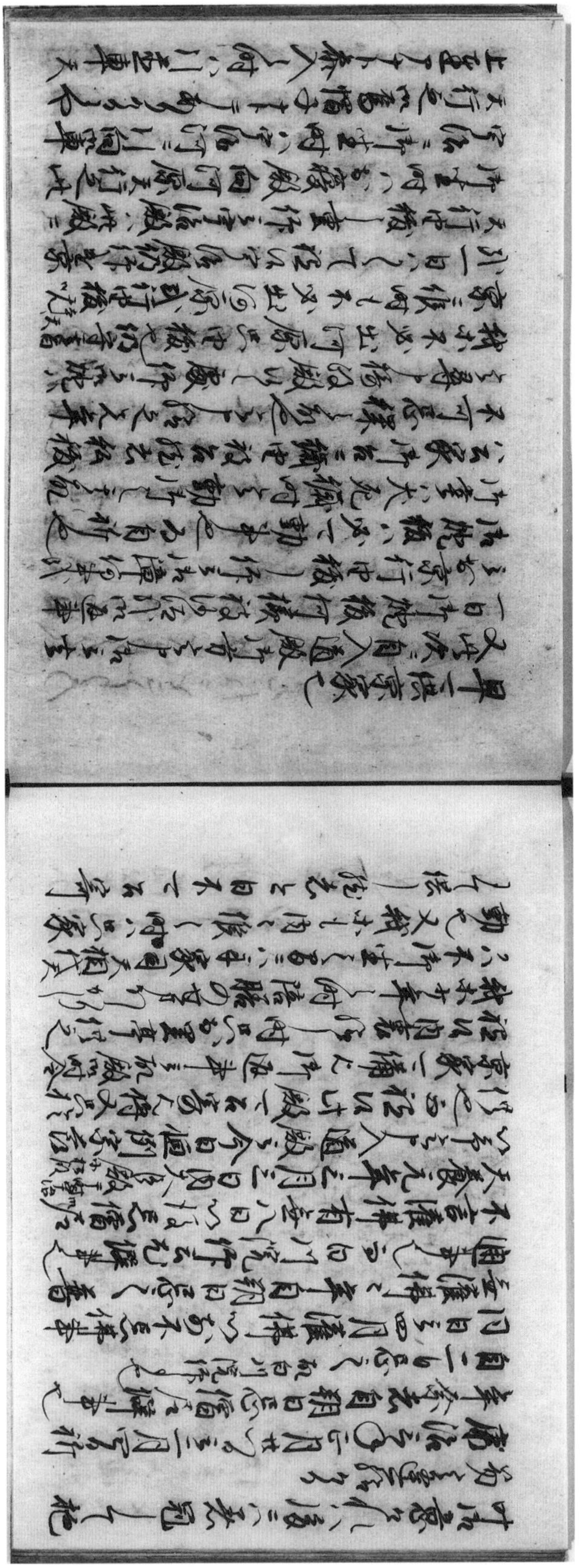

東山本　康治二年九月十五日／康治三年正月二十八日／天養元年三月三日

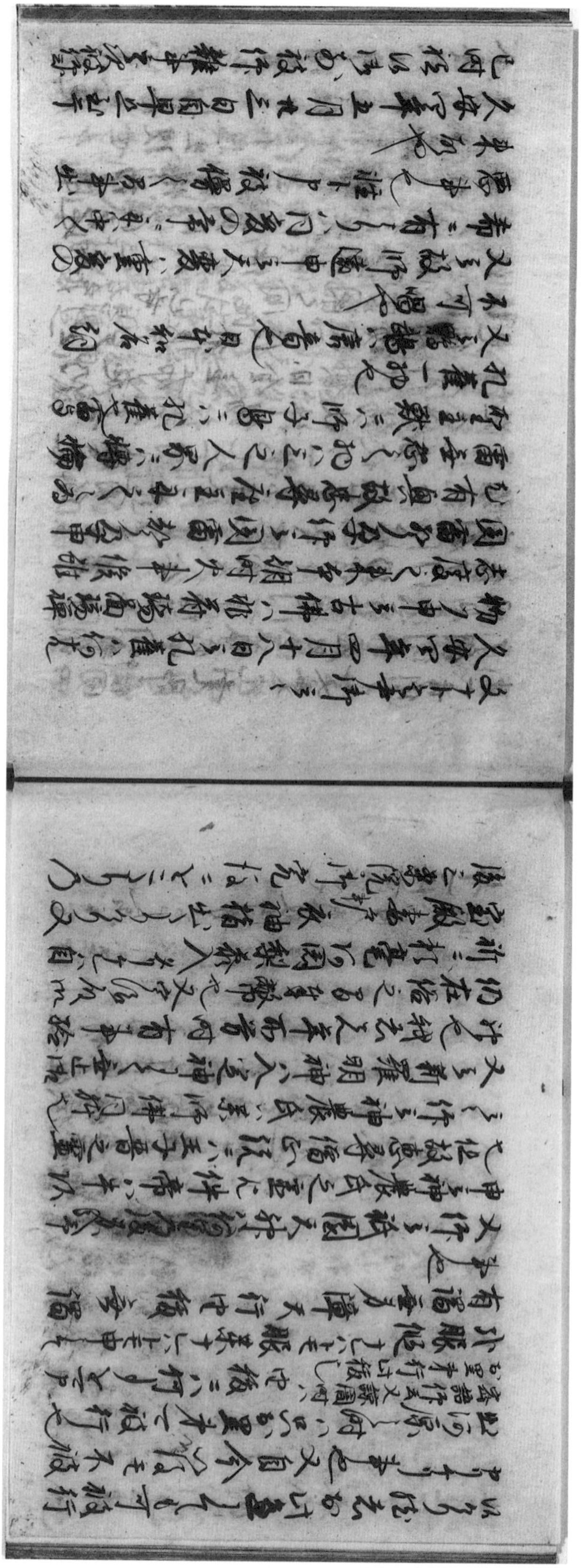

東山本　天養元年三月三日／同年五月二十三日／久安三年七月十九日／久安四年四月十八日

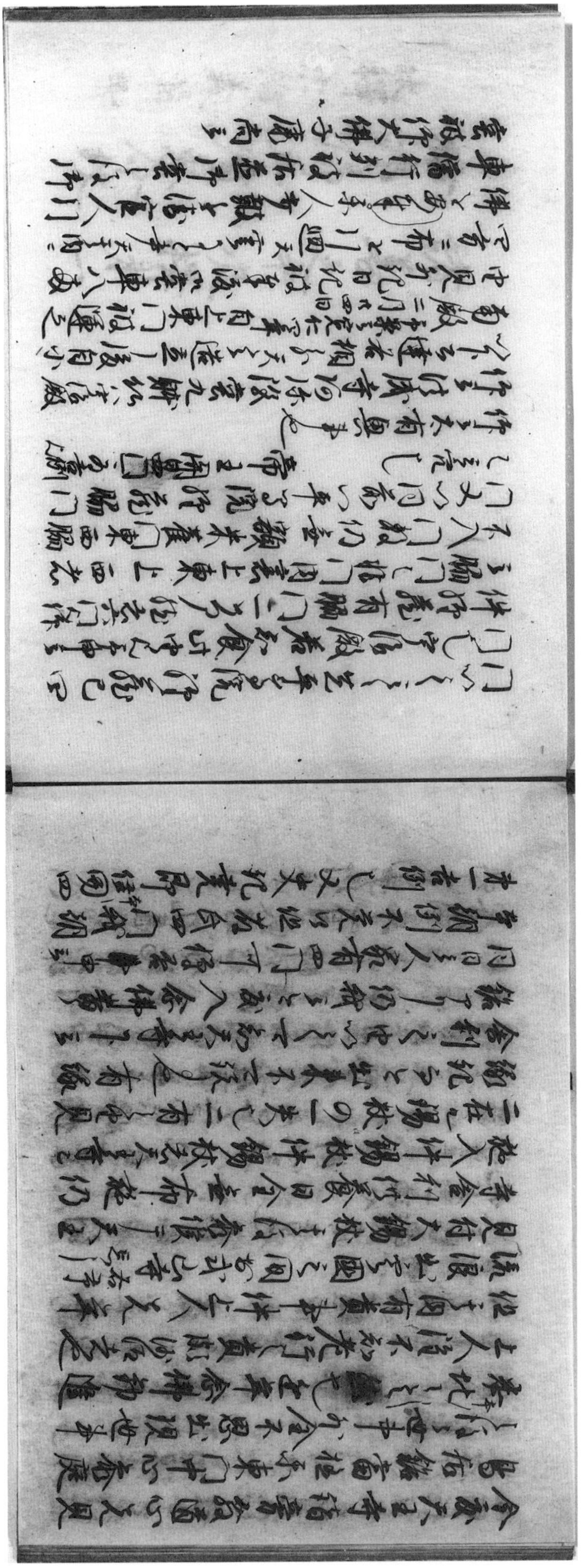

東山本　久安四年五月二十三日

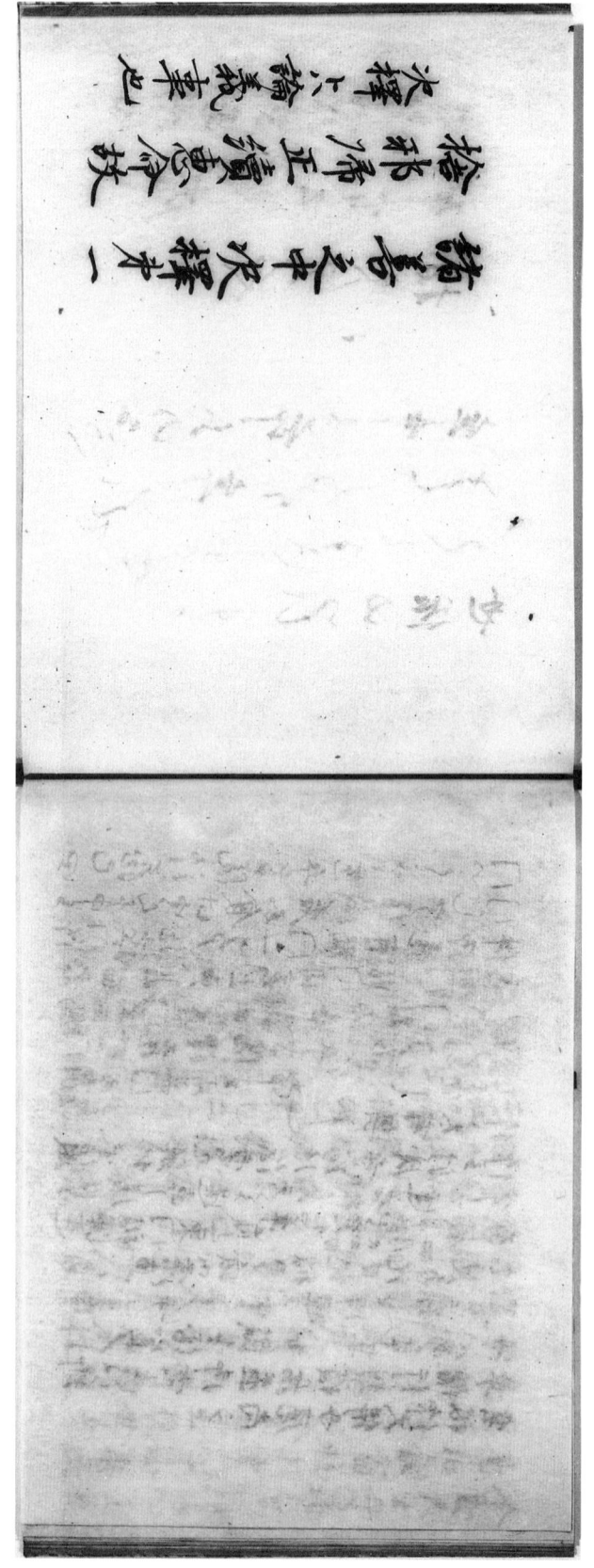

東山本
冊尾

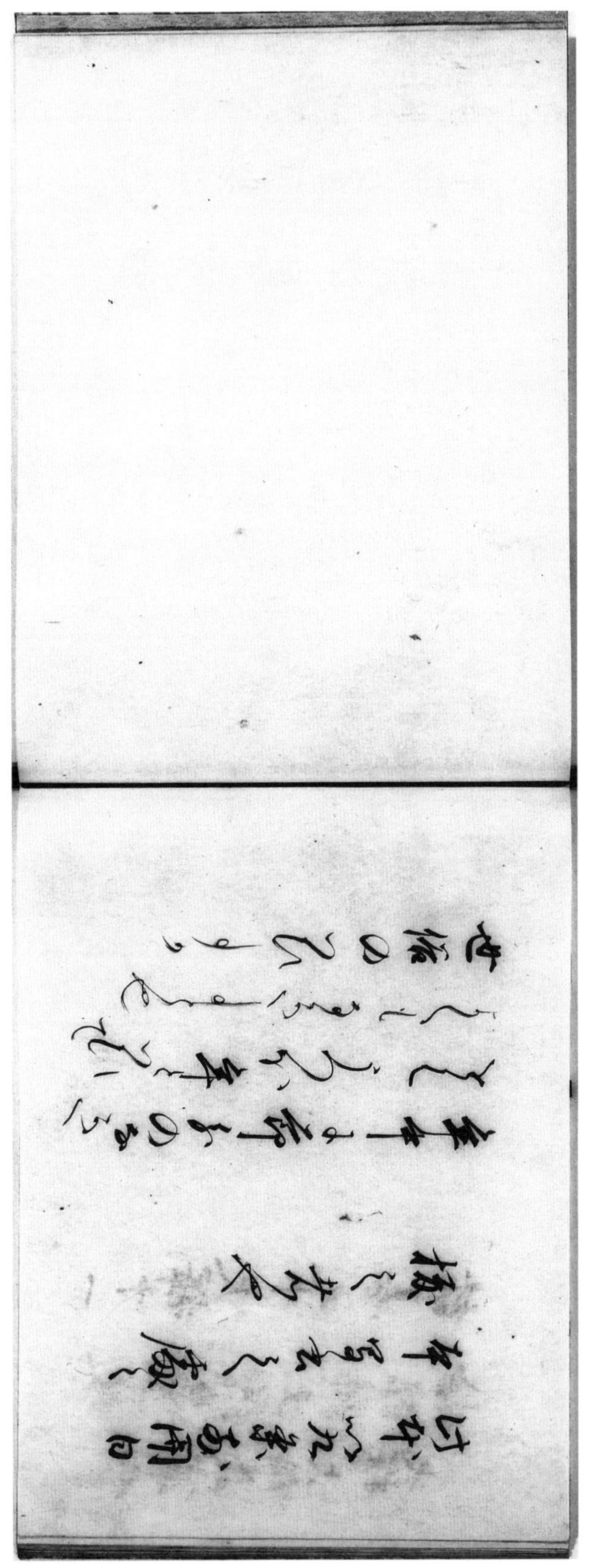

東山本　奥書／遊紙

東山本　遊紙

東山本　遊紙／裏表紙見返

東山本　裏表紙

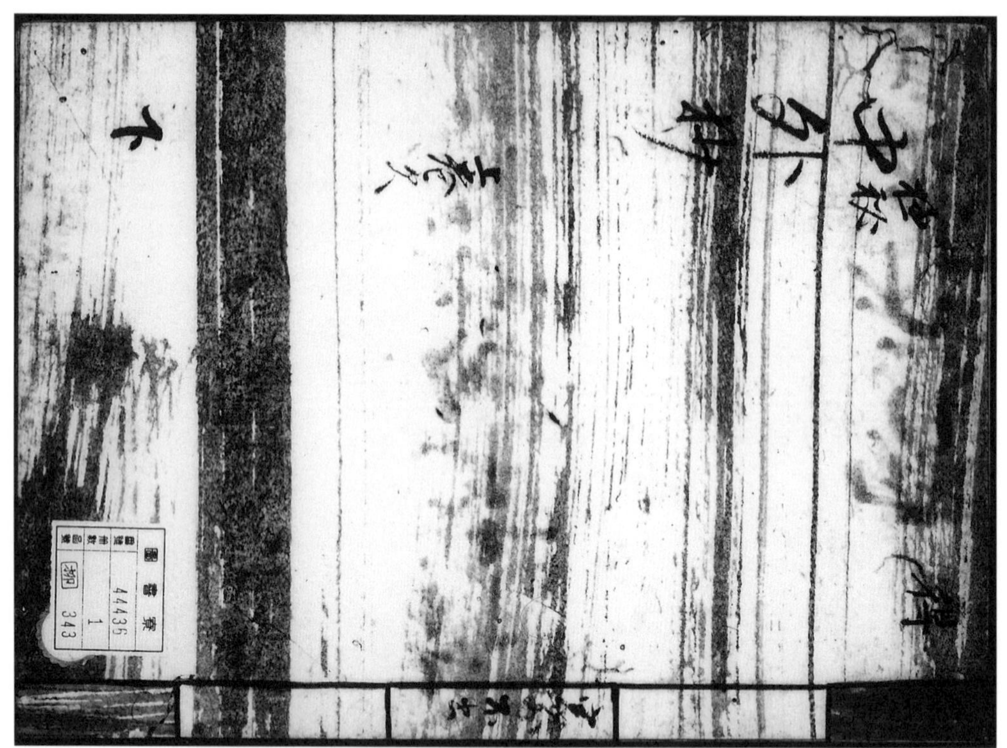

宮内庁書陵部所蔵柳原家本『中外抄』上巻

表紙

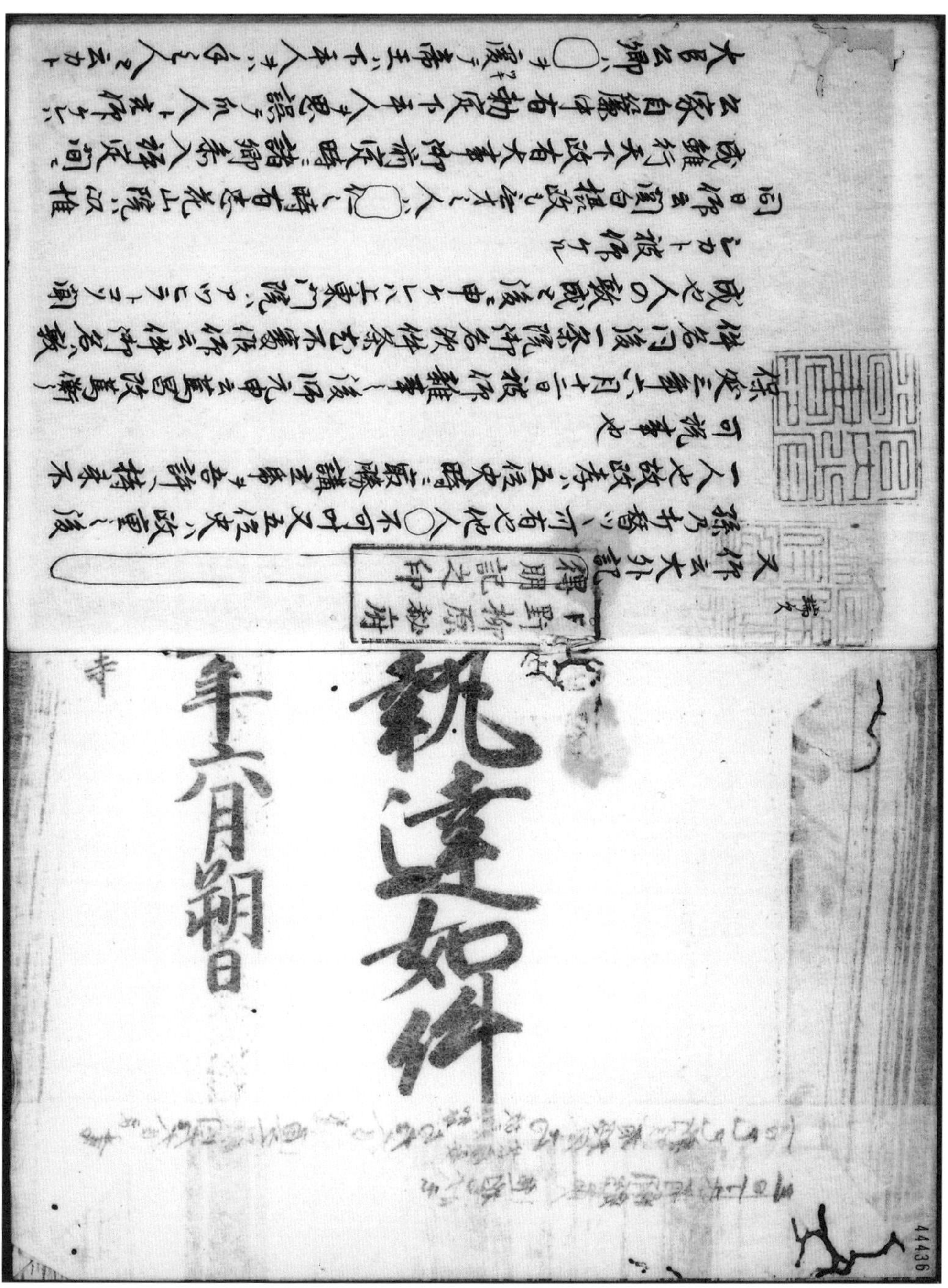

柳原本
表紙見返／保延三年三月二十日カ／同六月十二日

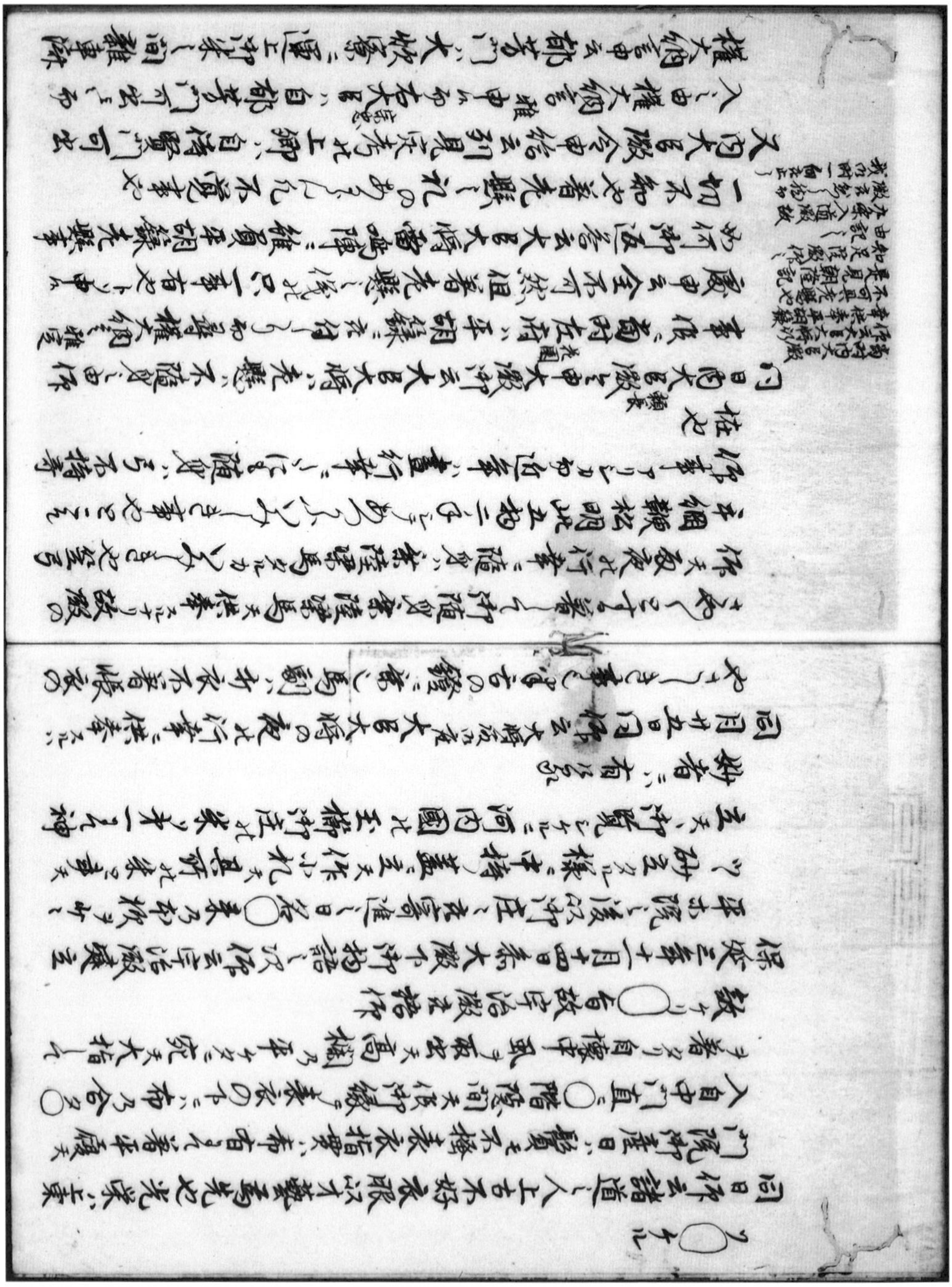

柳原本　保延三年六月十二日／同十一月十四日／同十一月二十五日

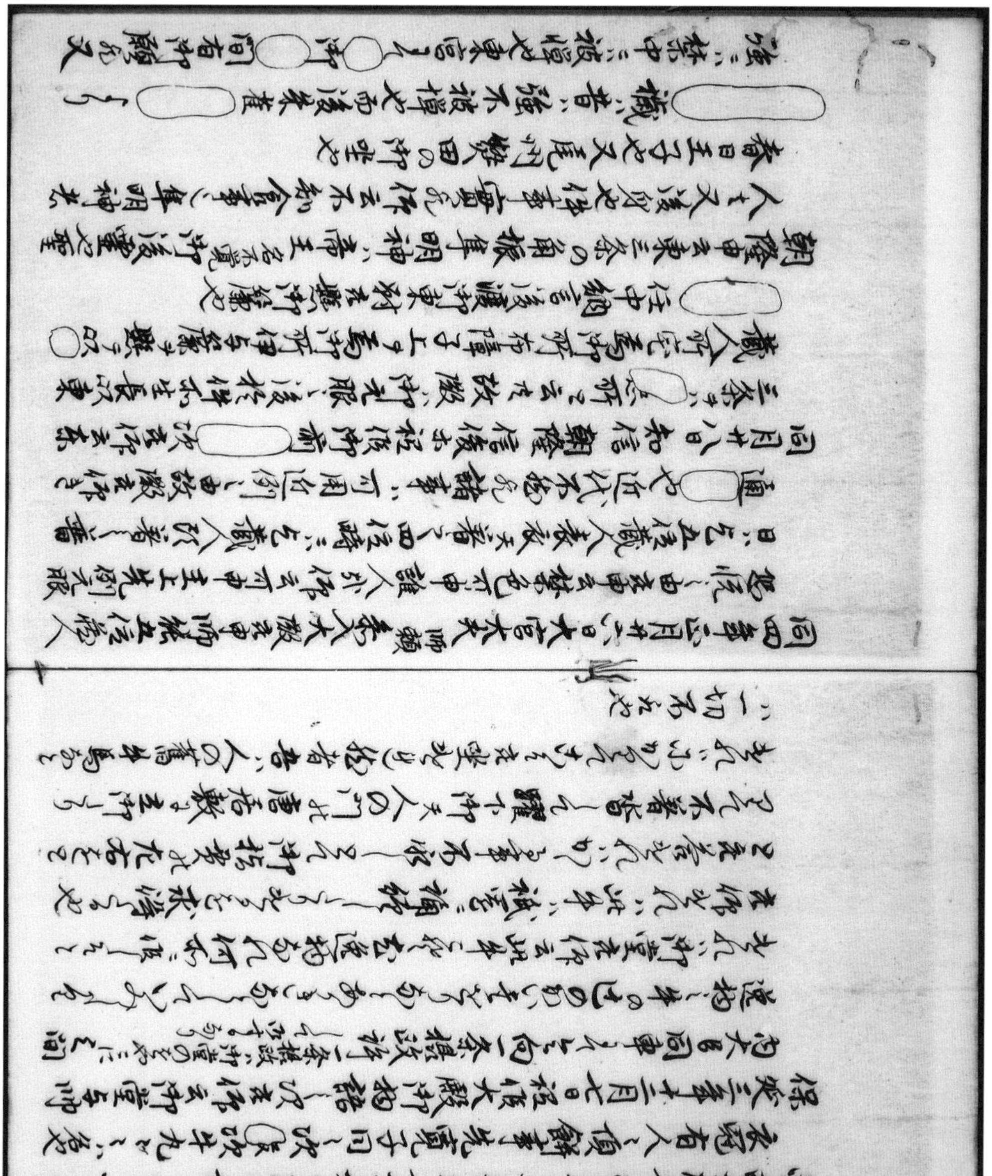

柳原本　保延三年十一月二十五日／同十二月七日／保延四年正月二十六日／同正月二十八日

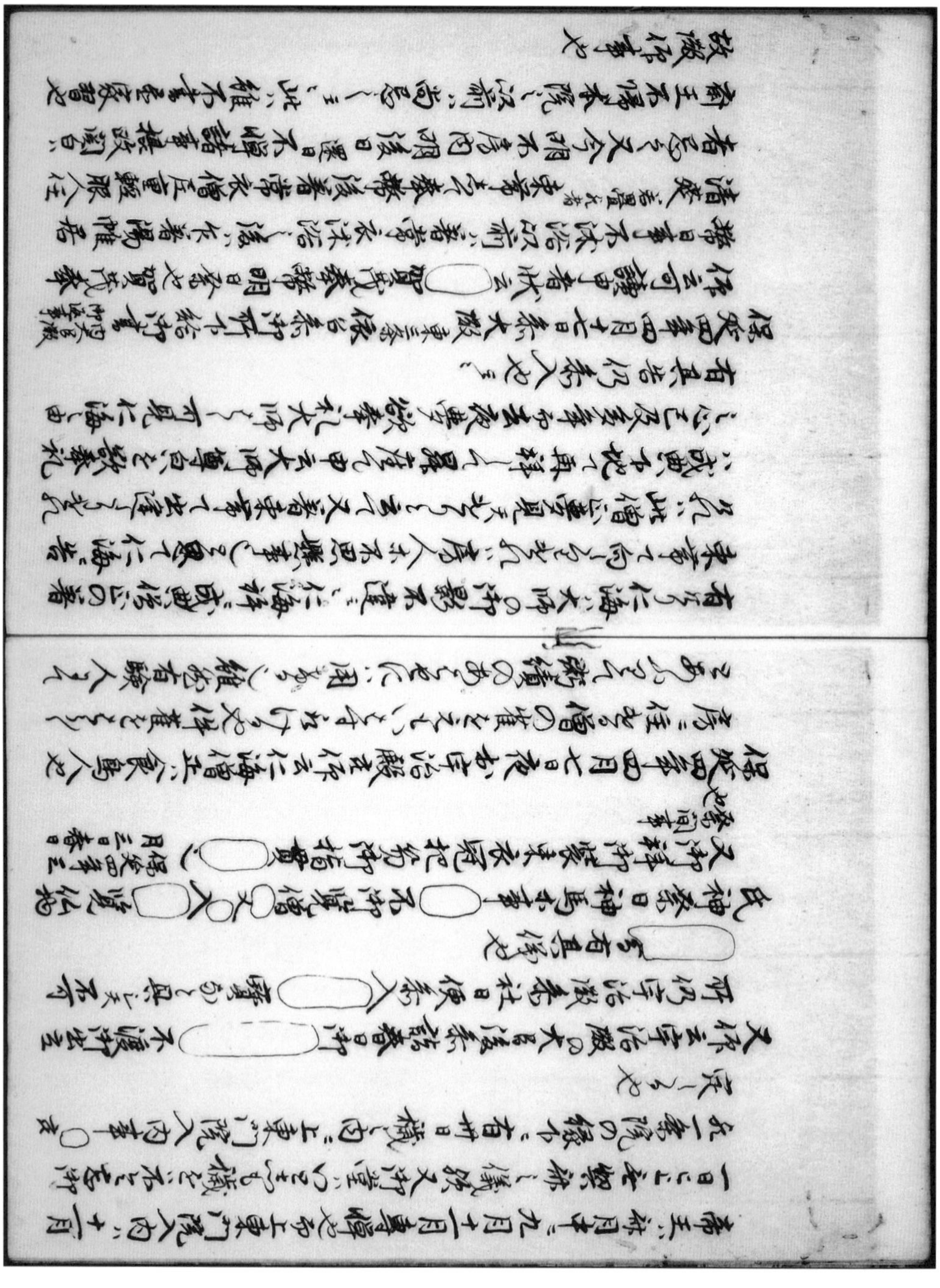

柳原本
保延四年正月二十八日／同四月七日／同四月十七日

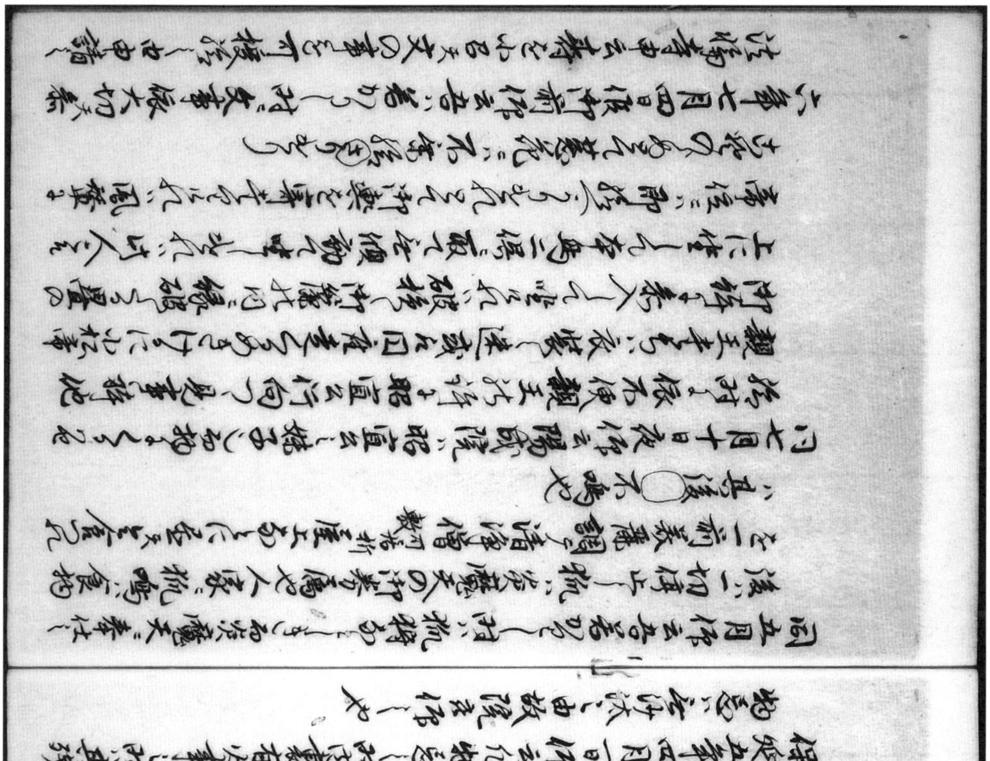

柳原本　保延四年十一月十日／保延五年四月一日／同五月／同七月十日／保延六年七月四日

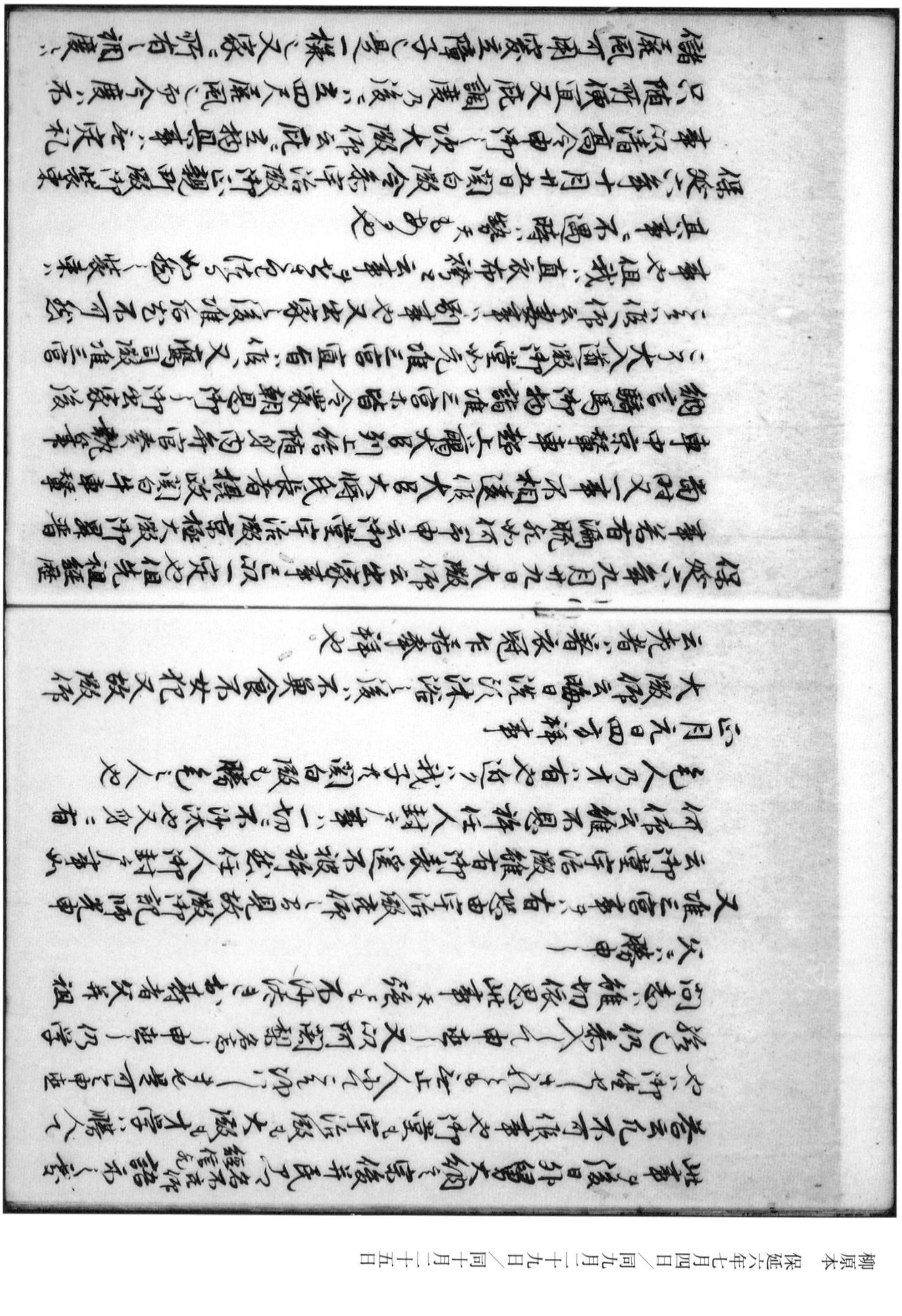

柳原本　保延六年七月四日／同九月二十九日／同十月二十五日

柳原本
保延六年十月二十五日／同十二月□日(ママ)／永治二年二月十七日／同四月九日／同四月二十九日

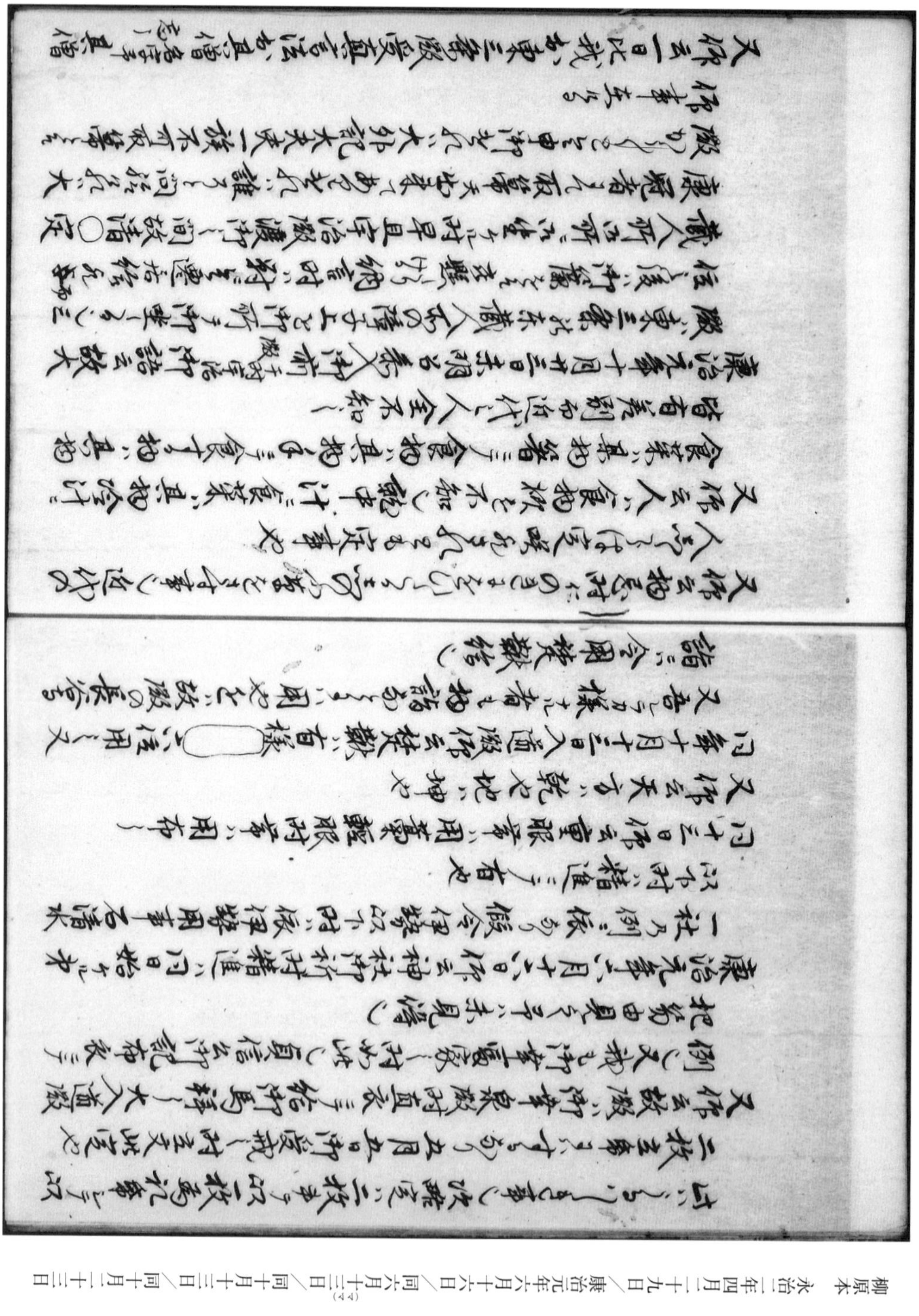

柳原本　永治二年四月二十九日／康治元年六月十六日／同六月十三日(ママ)／同十月十三日／同十月二十三日

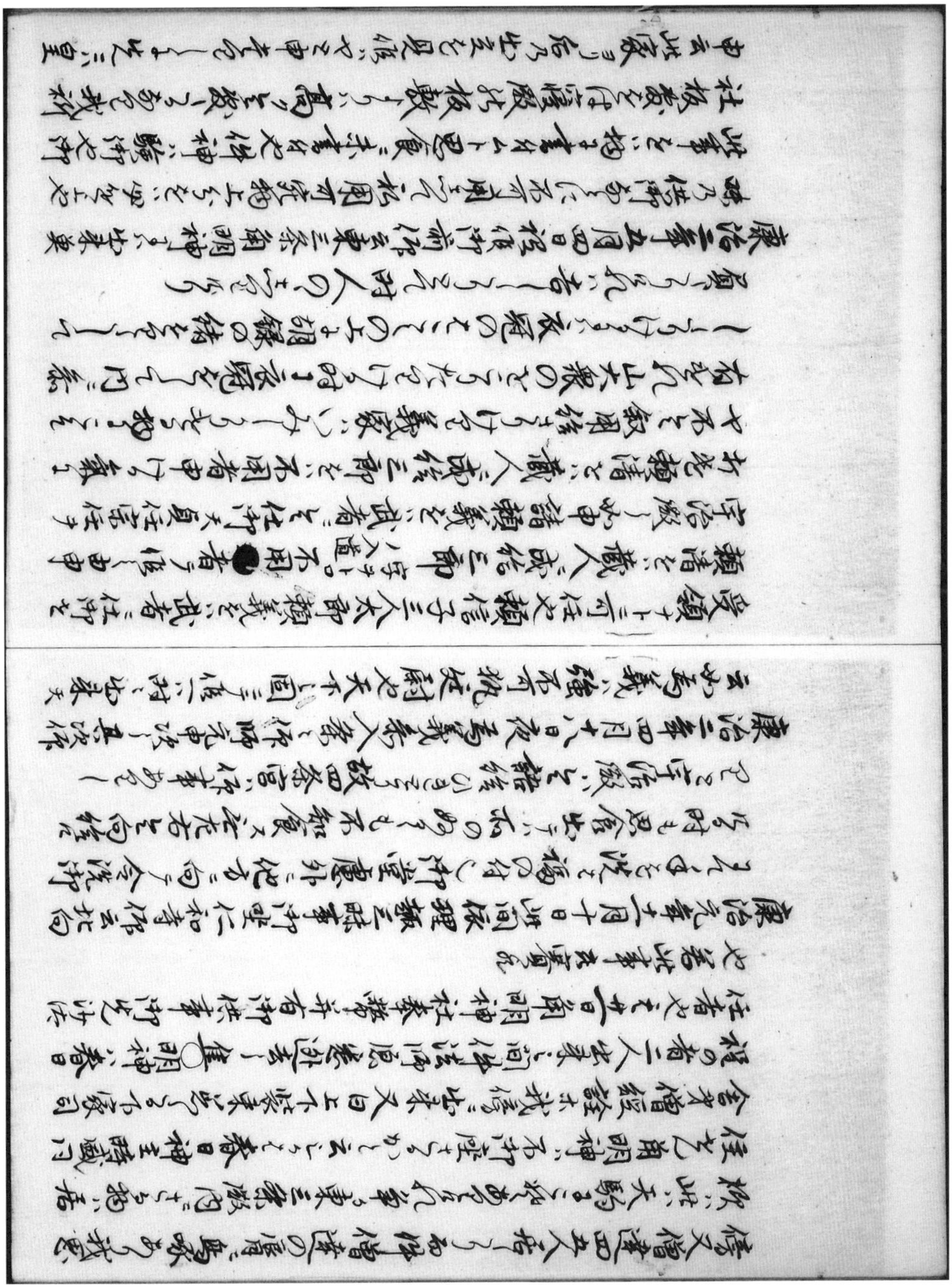

柳原本　康治元年十月二十三日／同十一月十日／康治二年四月十八日／同五月四日

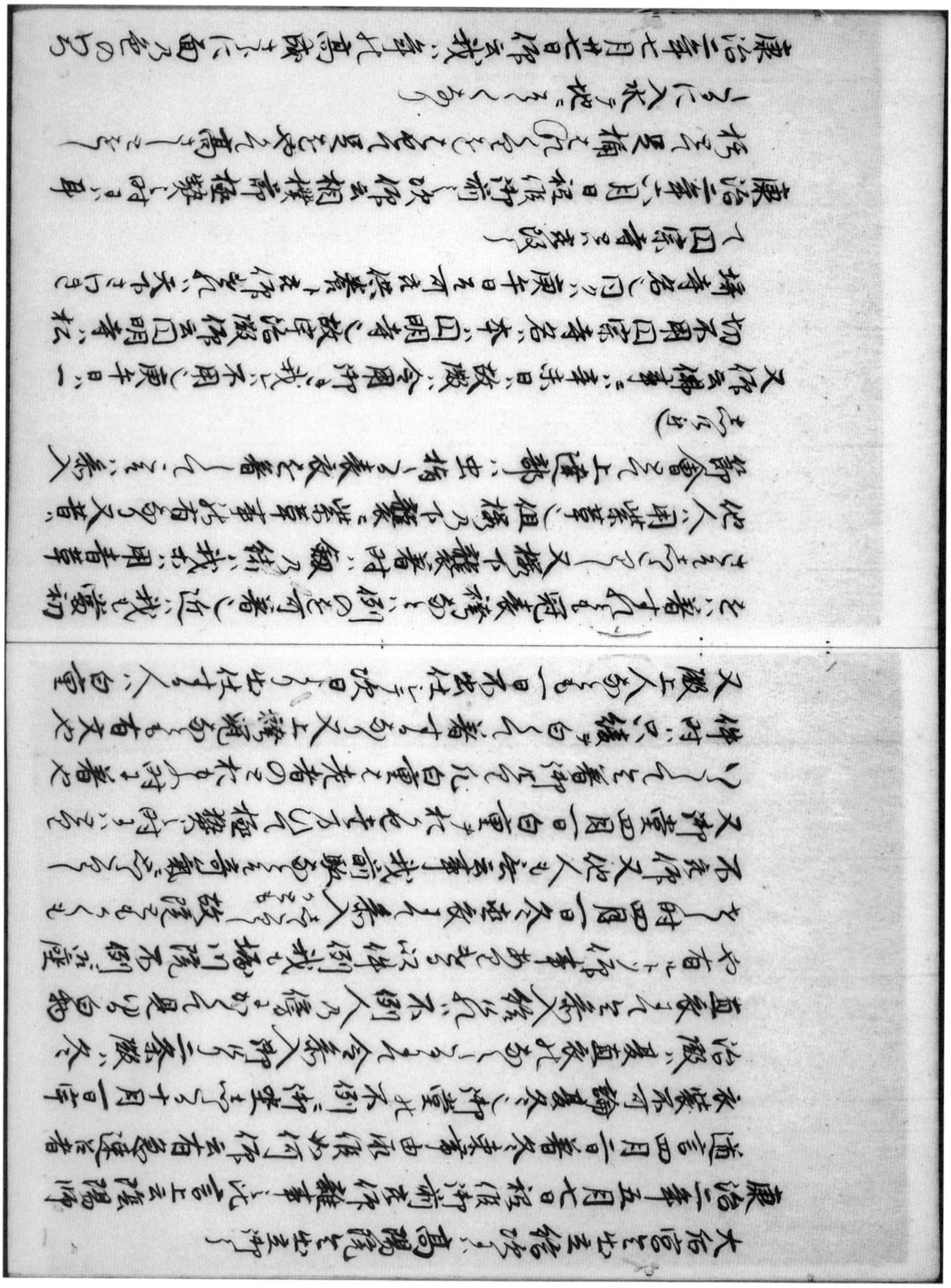

柳原本
康治二年五月四日／同五月七日／同六月日（ママ）／同七月二十七日

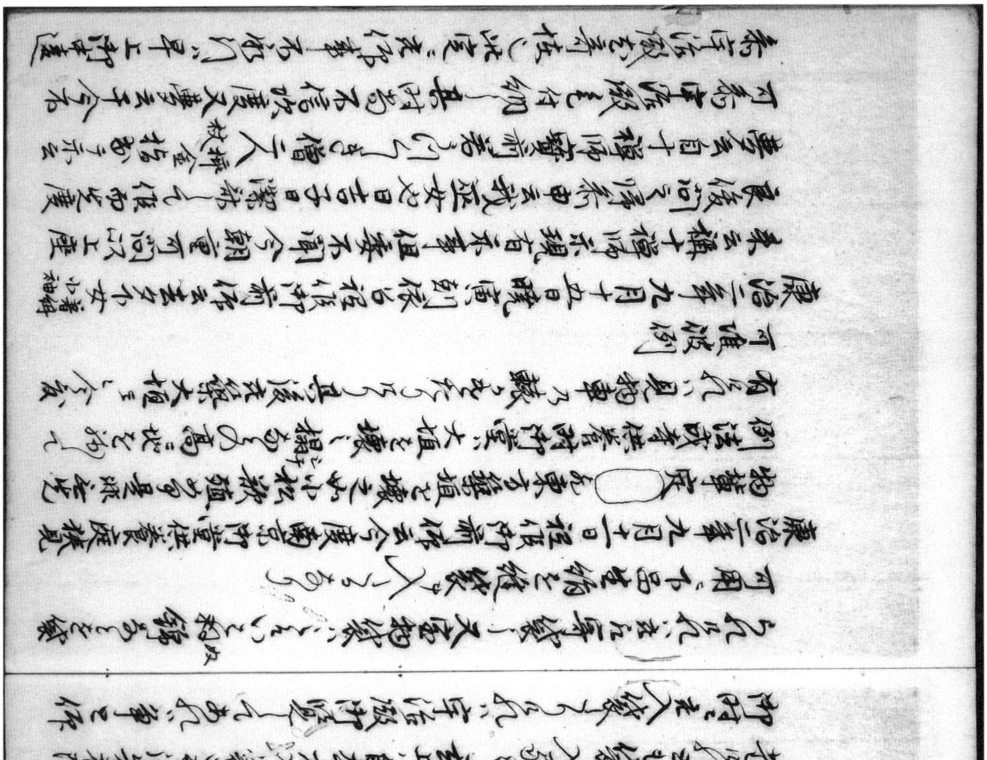

柳原本　康治三年七月二十七日／同八月一日／同九月十一日／同九月十五日

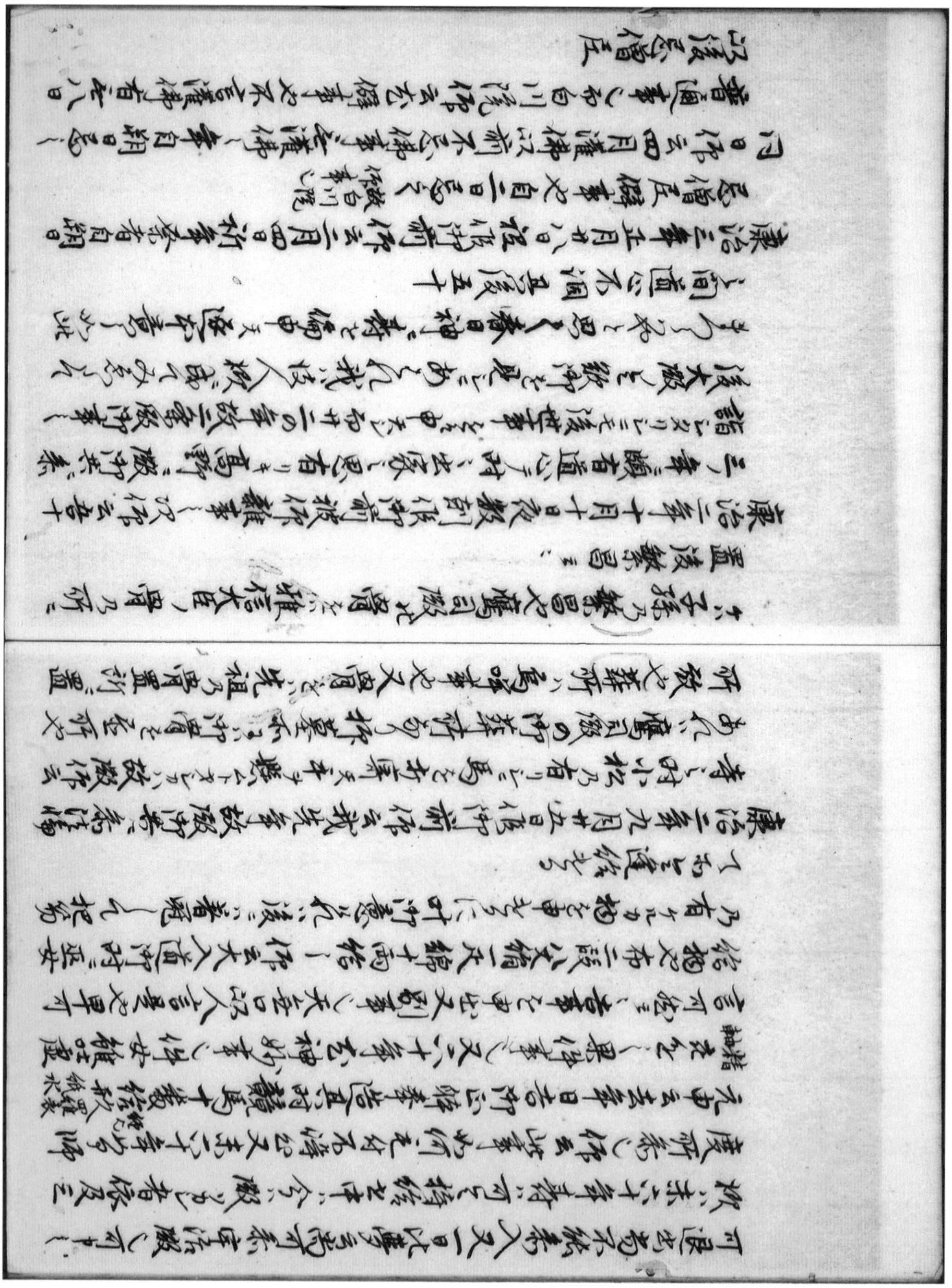

柳原本　康治二年九月十五日／同九月二十五日／同十月十日／康治三年正月二十八日

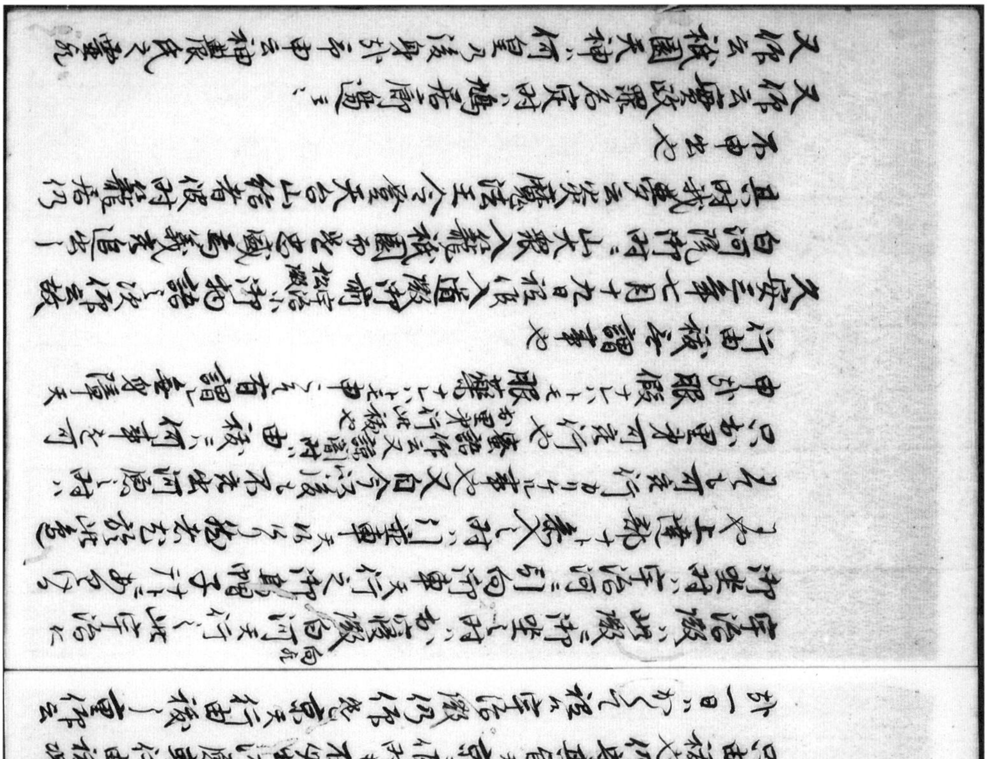

柳原本　天養元年三月三日／久安三年七月十九日

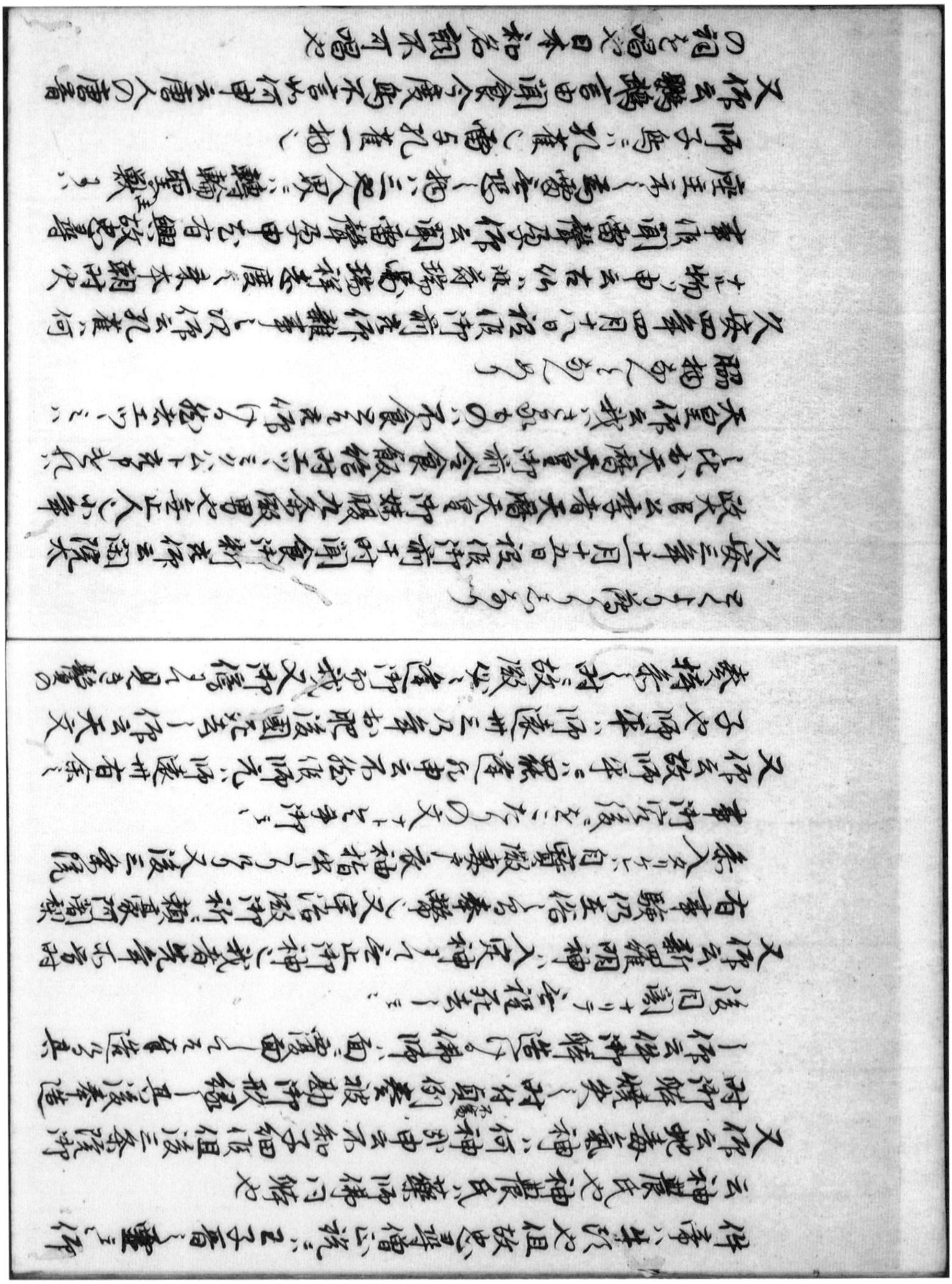

柳原本　久安三年七月十九日／同十一月十五日／久安四年四月十八日

柳原本　久安四年四月十八日／同五月二十三日

又仰云故師ゝ遂申云天裏ハ重裏ノ希ニ有ケりハ内裏ノ常ニ
不ハ申ノ思事ニ候ケリ甚慢ゝゝ事出来故也
又云現存不可候忌日狀如何申令進候内事ハ依此如李部王
記ハ寛平法皇見存御時ニ没後の御法事皆此候ノ由
見て候仰云寛平法事只今不覚故四条宮ハ雖女人奉遇
宇治殿上東門院ニ左上人ゝ而御見存時令候忌日御ノ存彼
例不未合也又観世音寺別當林實進上御法事欵進
院如何申云法文中先有此物耶可尤問僧即此向ゝ了
覚申云不覚候仰云可勘申
久安四年五月廿三日自早旦至午已時祗候御前仰雑事ゝ
次仰云今度天王寺詣旁發道心先見鳥居額叢極
樂東門中心ゝ庭ゝ後ゝ世事外全不思出現世事悉
地ゝゝ也近年念仏勧進上人雖不知其行ゝ貴頗
顛以沐者也但其内有貴事件上人先年流浪出雲國ゝ
間於或山寺名不忘見付大錫杖其後献件天王寺舎利供
養日全無布施仍施入件錫杖件錫杖者天王寺ゝ二在ル
錫杖の一尖也二有ゝ由見縁記而今出来不可説事也有
縁舎利ゝ由以ゝ可知天王寺下云銘アリ仍我モ今度入
念仏衆ゝ
同日仰云人家有四門可帰否於予申云本朝例不覚候但
藤氏四門我朝第一吉例也又史記云竟即位闢四門以之ゝ
帝王関白四門可為吉例此仰云太有興事也先年等院
經藏已四門也宇治殿若知食此由乎申云件經蔵有
賜門二如何然者六門乎仰云賜門ト旅門内裏上東上西
不入門數仍無額朱雀門東西賜門又以同前以平等院經
蔵賜門ハ云穴也

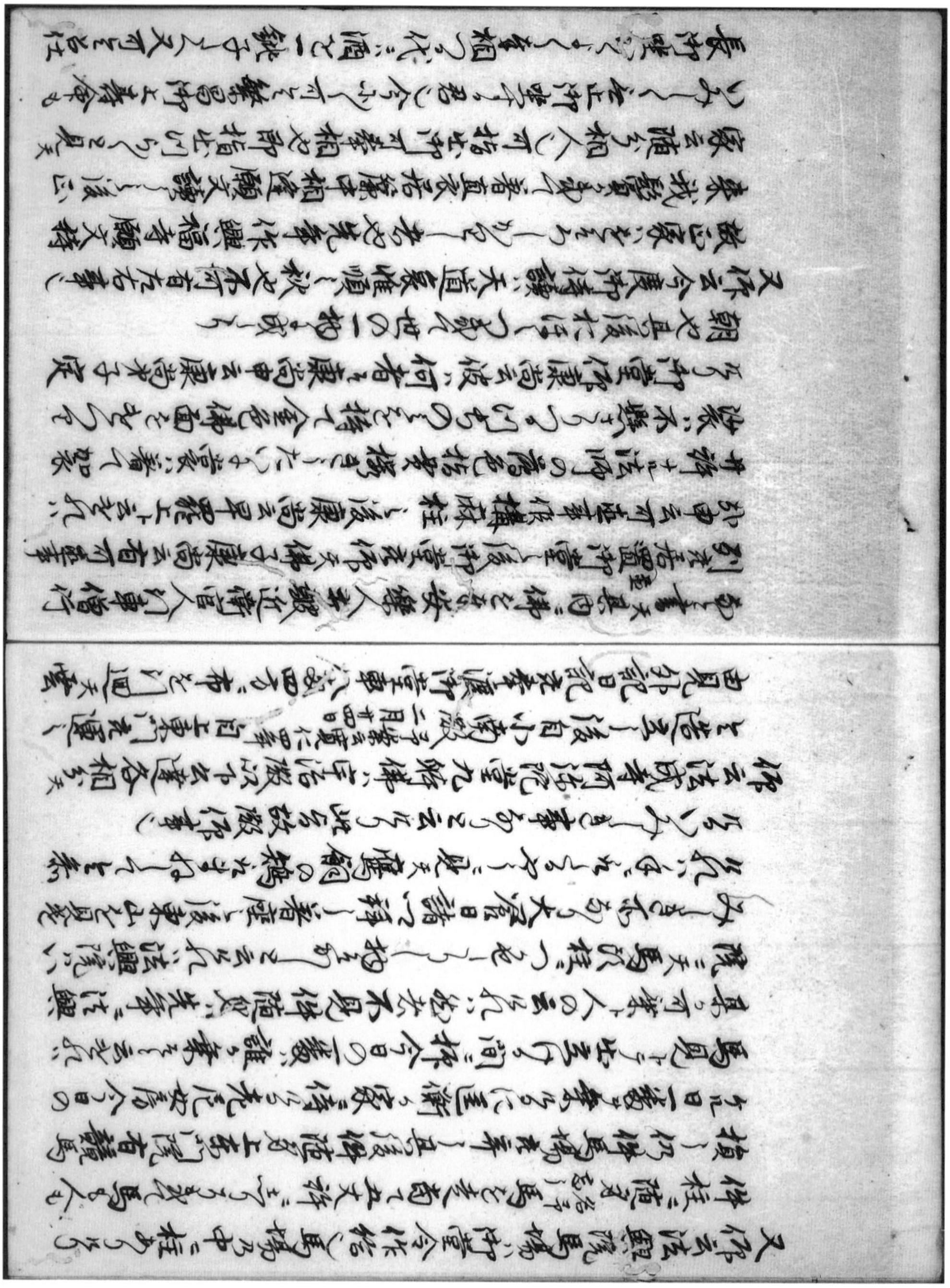

柳原本　久安四年五月二十三日

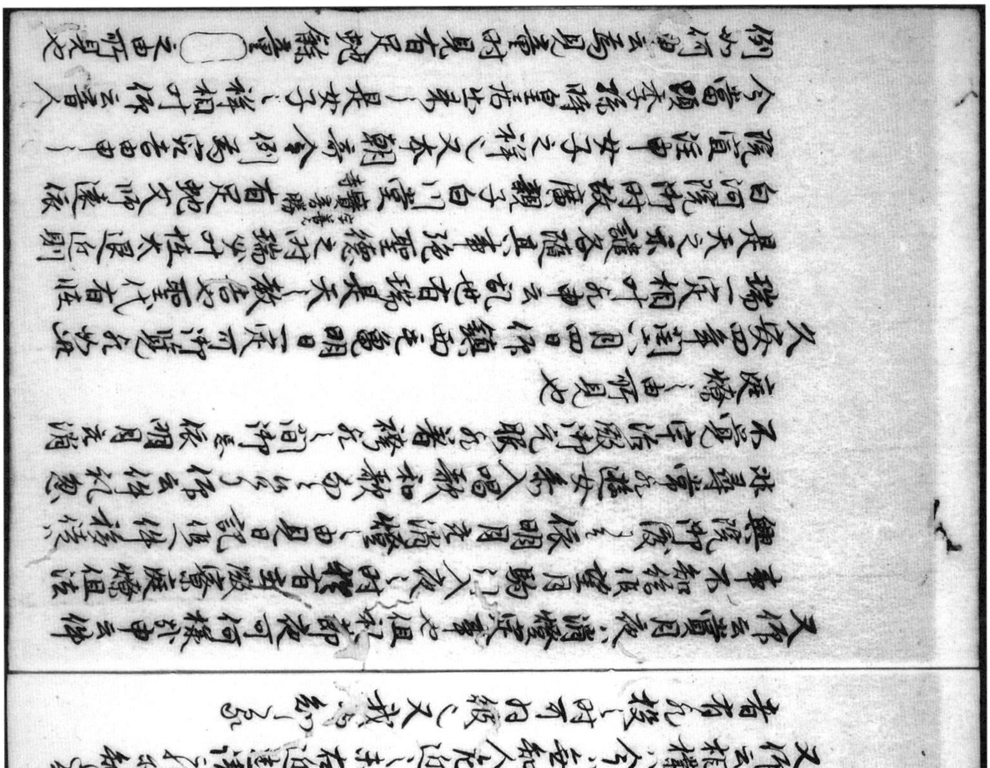

柳原本　久安四年五月二十三日／同閏六月四日

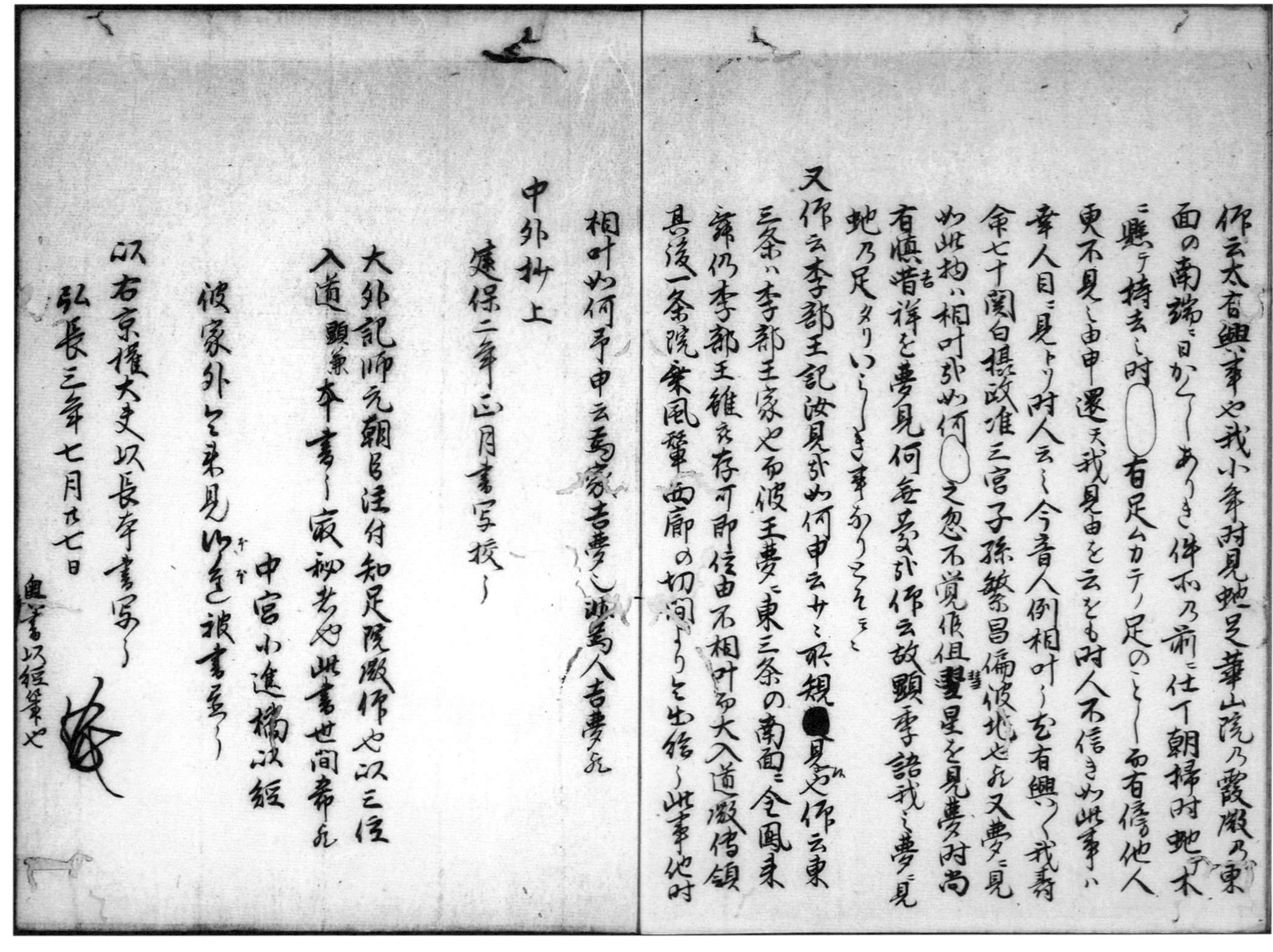

仰云太皇興事也我小年時見蛇足華山院乃霞殿乃東
面の南端に日かくしありき件木乃前に仕丁朝掃時蛇ヲ木
に懸テ持去る時（　）有足ムカデノ足のこと〳〵而有信他人
更不見之由申還ス我見由を云とも時人不信き如此事ハ
幸人目に見トリ時人云く今晋人例相叶ふ〳〵有興〳〵我寿
命七十関白摂政准三宮子孫繁昌偏彼兆也又夢に見
如此物ハ相叶歟如何（　）之忽不覚候但彗星を見夢時尚
有慎昔祥を夢見何無夢歟仰云故顕季語我に夢に見
蛇乃足タリいらし事ありこそとそ
又仰云李部王記汝見歟如何申云サミ規●見也仰云東
三条ハ李部王家也而彼王夢に東三条の南面に金鳳来
舞仍李部王雖未存可即位由不相叶而大入道殿傳領
其後一条院来鳳輦西廊の切間より出給〳〵此事他時
相叶如何事申云焉家吉夢〳〵此為人吉夢也

中外抄上
建保二年正月書写校了

大外記師元朝臣注付知足院殿仰也以三位
入道顕兼本書了家秘者也此書世間希也
彼家外無見聞之被書也
中宮小進橘以經

以右京権大夫以長本書写了
弘長三年七月廿七日

奥書以経筆也

柳原本　久安四年閏六月四日／奥題／奥書

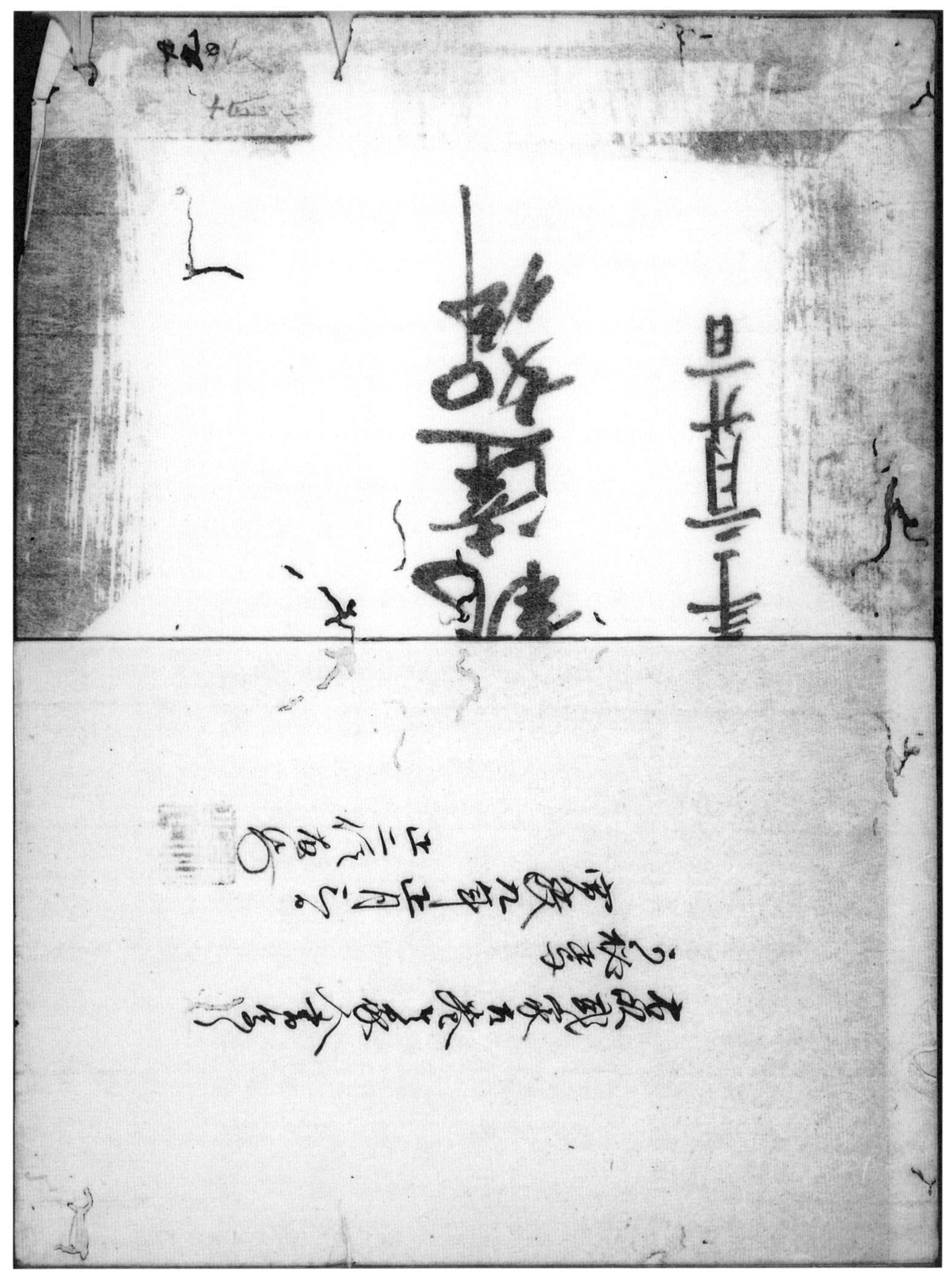

柳原本　奥書（柳原紀光）／裏表紙見返

柳原本　裏表紙

尊経閣善本影印集成 45

中外抄

発行 平成二十年一月三十一日

定価 二三、一〇〇円（本体二二、〇〇〇円＋税五％）

編集 財団法人 前田育徳会尊経閣文庫
東京都目黒区駒場四－三－五五

発行所 株式会社 八木書店
代表 八木壮一
東京都千代田区神田小川町三－八
電話 〇三－三二九一－二九六一〔営業〕
－二九六九〔編集〕
FAX 〇三－三二九一－六三〇〇

製版・印刷 天理時報社
用紙（特漉中性紙） 三菱製紙
製本 博勝堂

ISBN978-4-8406-2345-2 第六輯 第3回配本

Web http://www.books-yagi.co.jp/pub
E-mail pub@books-yagi.co.jp

JN317733